사랑하다 죽은 여인

어

우

동

국립중앙도서관 출판예정도서목록(CIP)

(사랑하다 죽은 여인) 어우동 : 고창근 서사시집 / 지은이:
고창근. -- 상주 : 문학마실, 2018
        p. ;   cm. -- (문학마실시선 ; 003)

참고문헌 수록
ISBN 979-11-89480-00-4 03810 : ₩15000

한국 현대시 [韓國現代詩]

811.7-KDC6
895.715-DDC23   CIP2018026652

사랑하다 죽은 여인

어

우

동

고창근 서사시집

2018 문학마실

고창근 서사시집
사랑하다 죽은 여인 어우동

2018년 08월 25일 발행

지은이-고창근
펴낸이-고창근
펴낸곳- 문학마실
출판신고번호-제 511-2013-000002 호
주소-경북 상주시 구두실길16-1(인평동)
전화- 010-9870-0421
전자우편-sgamm@hanmail.net

ⓒ 고창근, 2018
ISBN 979-11-89480-00-4 (03810)
- -

값 15,000원

自序

남성중심의 차별의 굴레를 벗어나
조선법도를 거부하고
주체적인 성을 향유했으나
음행이라 하여
사형당했던
여인

여자의 욕망은
죄라
사랑하다 죽은 여인
어우동

이제야
그 뜻을
기리나니

2018년 8월 주막듬에서
고창근

차 례

서(序)

1

주자와 함께 주자학(朱子學)을 창시한 정자에게 제자가 물었다

과부의 재가를 허용해도 됩니까?

정자가 답했다

도리에 어긋난 일이다. 절대 안 된다.

제자 또 물었다

그럼 가난하고 곤궁하여 굶어죽게 됐다면 재가해도 괜찮습니까?

정자가 답했다

굶어 죽는 것은 지극히 사소한 일이고 절개를 잃는 것은 지극히 큰 일이다.

2

조선조 9대 왕 성종은 다음과 같이 어명을 내렸다

지금 풍속이 아름답지 못하여, 여자들이 음행을 많이 자행한다

만약에 법으로써 엄하게 다스리지 않는다면 사람들이 징계되는 바가 없을 텐데,

풍속이 어떻게 바로 되겠는가?

옛사람이 이르기를, '끝내 나쁜 짓을 하면 사형에 처한다'고 하였다

어우동이 음행을 자행한 것이 이와 같은데,

중한 형벌에 처하지 않고서 어찌하겠는가?

교형을 즉시 시행하라

성종의 명령이 있자마자 곧바로 사형이 집행되었다

곧이어 어우동은 조선 왕가의 족보인 『선원록』에서 이름이 지워졌다

제1부 정4품 혜인(惠人)에 봉작되다

제1장

아씨,
아씨,

숨이 넘어갈 듯
창백한 발소리
쿵,
가슴에서 무언가
내려앉았다

매파가,
왔어요
왕실종친이래요

동갑이라
어릴 때부터 허물없이 지낸 몸종
장미가
와락,
문을 열었을 때
하얀 허공에서

식은 땀 한 줄기
흘러내렸다

왕실종친의 청혼은
가문의 영광이자
한편으론,
신랑될 사람이
못난이든 패악한
놈이든
거절할 수도
없는 일

부른다 하여,
사랑채 가는 길
이리도 멀구나 어지럽구나
장미야,

제2장

오랜만에
아비와 어미는 다정하게
위엄을 갖추었고
매파의 눈길은

송곳처럼 몸을
훑었다

소문대로 곱게 자랐군요
눈썹이 길고 이마가 오뚝하고
콧날이 서고 목소리가 고르고
살결이 부드럽고 어깨가 모나지 않고
엉덩이가 편편하고 배가 큰 걸 보니
다산(多産) 다남(多男)상이군요

아비의 헛기침
어미의 비굴한 미소

신랑될 사람은,
태종대왕의 둘째아들이자
세종대왕의 형인 효령대군의 서손자요
영천군의 적자 없는 서자,
라 했다
사사로이는
현왕인 성종과 7촌

왕실종친은 서자라도 왕실종친으로서의 막강한 권한과
대우를 적자와 다름없이 받았으니

정4품의 수(守)에 봉해졌고
이름은 이동
태강수 이동,
이라 했다

어릴 때부터
기품 있는 집안에서 학문을 좋아해
할아버지 효령대군의 총애를 받았으며
성장해서는 풍류를 알아
따르는 사람들이 적지
않다고

어미는 대문 밖까지 매파를
마중했고
아비는 장죽을 물고 담배연기를 길게
내뿜으며
헛기침을 했다

이제 우리 가문은 너로
인해 번창의 길로 들어섰다
시부모 공양 잘하고 남편 잘 떠받들어
아들 딸 많이
낳거라

일렁이는
마당으로 내려오니
웬 사내가 능글맞게 웃고
있었다

네 년이 왕실종친에 시집간다고?
들으니 임금과 칠촌이라니
내 벼슬자리 하나
걱정 없겠구나,

과거 공부는 안 하고 기생방에만
뻔질나게 나돌아 다니는 하나뿐인
오라버니

오라버니의 얼굴을 보니,
갑자기
아랫도리에 통증이
몰려온다

어릴 적,
부모가 출타한 날이면
저고리의 옷고름을 풀고 치마를

들추던
소리라도 치려 하면 입을
막으며
소리치면
죽인다
살
떨리는
목소리

수시로,
부모가 잘 때
밤에도

생각만 해도
소름끼치고
아랫도리에 통증이 전해오는

알았지?
내 출사는 너에게
달렸다

귀신보다 더
무서운

구더기보다 더
더러운
얼굴을 피해
방으로 들어와 문부터
잠갔다

제3장

혼례는
신랑측의 요구대로 육례(六禮)를 갖추어
일사천리로 진행되었다

납채(納采),
신랑측에서
사주단자가 오고
납폐(納幣),
함이 왔는데, 집이
아닌
기생집으로 왔다

함을 들고 온 사내들은 출발할 때부터
술에 취해
본분을 잊어버리고 곧장

기생집으로 가서 술판을
벌이는 바람에 그날 먹은 술값과
그날 밤 끼고 잔 기생 수청값과 다음 날
해장술값까지
내고
겨우
함을 받아왔다

점잖고 기품 있는 집안의 자손이라
친구들 또한 그런 줄
알았는데
접하고 보니
순 잡놈들이었다

마침내
장가간다는,
신랑이 신부집에 가서 대면을 하고
절을 하는 혼례식,
초례(醮禮) 치렀다

예부터 초례를 치르고 나면
신랑은 신부집에 여러 해 머무는 풍습이
있었지만

신랑측의 요구대로 다음 날 곧장
시집간다는,
신부가 신랑집에 들어가는
신행이 이루어졌다

현구고례(見舅姑禮),
대청 폐백상에 앉아 시부모를 비롯한
일가친지를 뵙고 인사를
드렸다

이날로
어우동은 정4품 혜인(惠人)에
봉작되었다

그 날
이후

혜인은 남편 태강수 이동의
얼굴을
안방에서는
보지 못했다

제2부 쫓겨나다

제4장

바빠서,
결혼초기이니 바빠서 안방으로
못 건너오나
했다

남들도 모두
그러려니 했다

남편은 매일같이 늦게 일어나
점심 먹고 나가면
술에 취해 밤늦게 돌아오곤 했다 혹은
아예 며칠씩 돌아오지도 않았다 돌아올 땐
몸에서 풍기는 분내가
가슴,
을
할퀴었다

아씨,
후원에 웬 기생 같은 년이

며칠 지나지 않은 어느 날
장미의
새하얀
말

말조심하거라

마음과 다르게
말은 저혼자
떠돌아다니고

한두 번이 아니랑께요
이 두 눈으로 똑똑히 봤다니까요

어허!

칼날 같은 말이
메마른 입에서
툭,
튀어나왔다

며칠 후

후원에서,
거문고 소리가 울리고
남편의 호탕한 웃음이 검은 허공에
흩어졌다

그 년이라요
연경비라는 기생이요

눈치 없는 장미의
젖은 말

주둥아리 함부로 놀리지 마라

설마하니 아무리 기생에
빠졌다고
아내가 있는 집 후원에
부를까

생각은 자신이 원하는 쪽으로
굴러가지만

잠시 후 장미의

애기를 듣고보니
전후사정을 알겠더라

혼례식을 올리고 왜 그렇게
본가로 서둘러 왔는가 싶어
의아했는데

알고보니
연경비라는 기생이 보고 싶어 하루라도
지체할 수 없어
단 하룻밤만 신부집에서
지내고 다음 날 곧장
본가로 온
것이었다

그 기생년이
내 집 후원에서
거문고를 뜯고
남편은
춤을 추고 있다
하늘하늘

남편이 거문고를 뜯고

기생년이
농염하게
춤을
추고 있다

어느 날
밤, 꿈을
꾸었다

남편 앞에서 옷을
벗고서
거문고를 뜯는
꿈이었다 남편 또한
옷을 벗고 있었던
것 같았다

서늘한 수치스러움에
혀를 콱,
깨물고 싶었지만 몸은
여전히 뜨거운 채
쉽게
식지,
않았다

그러다
어느 날이었나
거문고 소리가 나지 않고 조용해서
살그머니 나뭇가지 사이로
훔쳐보는데 짐승
짐승을,
보았다

기생 연경비는 나무를 잡고
상체를 숙이고 있는데 남편은
연경비의 허연 엉덩이를 두 손으로
잡고 방아를 찧고
있었다

어릴 때 본, 개가
소가 말이,
하는 것과 똑같았다
그들은
이미 짐승,
이었나보다

장미가 물어온 말에 의하면

혼례도 본인이 원해서 한 것이
아니라
아버지 영천군이 막무가내로 시켜서 한
혼례였다고
매일 술과 기생에 빠져 사니
혼례라도 치러 처가 있고 자식이
생기면 좀 정신을 차릴까
한량이 잡놈을 걱정해준
격이었다

제5장

여기서 잠깐,
태강수 이동이 푹 빠진
기생 연경비에 대해 좀
애기를 하자면,
춤을 잘 추었는데 이름 또한
물찬 제비가 날아간다는
뜻의 연경비(燕輕飛)
다섯 번을 버림받은
기생이라

첫 남자는

전 나주판관 황사장의 친척인,
양맹규

황사장은 험악한 인물로 소문이
자자했는데
관노 흔만이 다른 사람의 보리를 베어
말을 먹였다는 누명을 씌워 말을 빼앗았고
직접 흔만을 두들겨 패고 말을 관에 소속시켰다가
양맹규가 요청하자 빌려주었는데

이 사실을 안 흔만이 찾아와 항의하자 차꼬를
채워 가두었는데 결국은 사헌부에 투서가 들어갔고
연경비와 잘 놀다 온 양맹규는
사헌부의 철퇴를 맞아
변경으로 제일 낮은 병으로 쫓겨났다

두 번째 남자는 윤유덕
임금의 먼 친척이나 인척으로 구성된 군대인 족친위
소속으로 국상 중에 연경비와
정을 통했던 것이
사헌부에 알려졌고 변경으로
병으로 쫓겨났다

며칠 후
중궁이 선정전에서 양로연(養老宴)을 베풀었을 때
연경비는 남루하고 헤진 옷을 입고 갔다가
중전의 퇴장시키라는 말에 쫓겨났는데

연경비의 의복이 깨끗하지 못하니 생활이 어렵겠구나. 여유가 있는
기생들은 청탁할 능력이 있어 첩이 되어 나가는 판인데, 이들처럼 가
난한 자는 도리어 머물러 있으니 어떻게 생활하겠는가. 앞으로 가난
한 자는 모두 놓아 보내게 하라.

이렇게 하여 연경비는 반강제로 관기의 신분에서
해방되었다 물론, 기생 생활은 자유롭게 계속 하였다
한데 연경비가 그 날 남루하게 옷을 입은 연유는
예전의 자기를 사랑했던 남자들을 시험하기 위한 것이었다고

세 번째 남자는 바로 혜인의 남편,
태강수 이동
한시라도 떨어져서는 못사는
연인 사이라 혜인의
폐허 같은 가슴에
붉은 칼날이 심어졌고
이동의 행동은 성종에게 알려져 결국
연경비와 헤어지게 되었다

네 번째 남자는 동지중추부사 이계동이었는데
만난 곳 역시 궁중 연회 자리였다
그는 주문부사로 명나라에 가게 되어 창덕궁 선정전에서
잔치가 열렸는데 그 자리에서 연경비에게 추파를 던지며
흑심을 드러냈고
결국은 바로 잡혀가 국문을 받았는데 결국은
이조판서 이승소를 부사로 삼아 교대하고 이계동은
전라도 해남현으로 귀양을 보냈다

6년 후
연경비는 명산정 이금정의 첩이 되었는데 실은
제대로 안착한 첫 번째 남자였다
그러나 불운이 또 닥쳤다고
한 3년을 살았을 무렵 당양위 홍상이
연경비를 빼앗았다
홍상은 세조의 손녀이자 성종의 누이동생인
명숙공주의 남편으로 자신의 권력으로 남의 첩을
빼앗은 것이었다.
사헌부의 탄핵을 받았는데 홍상이 연경비가 이금정과
헤어진 사이라고 완강히 부인하는 바람에
홍상은 아무런 벌을 받지 않았다

제6장

먼저 장미가
알았다

몇 날 며칠을
헛구역질에 음식을 제대로 먹질
못해 봄이 허공에 떠다니는 듯한 나날이
계속 되던 때였다

그 날도 며칠 굶은 터에 장미가
아직 익지 않은 풋살구를 가져왔는데 갑자기
입맛이 돌아
걸신들린 듯 먹자 장미가
어? 아씨!
혜인의 배를 가리키는 것이었다

왜 그러느냐?

더 말할 틈도 없이 새의 발톱 같은
날카로운 것이
머리를 훑고 지나갔다

설마 아씨!

장미의 들뜬 목소리에 혜인은 그제야
손에 든 풋살구를 내려놓았다
몇 달째 달거리가 없던
것을 대수롭지 않게 여겼는데

어이 된 일인가

혼례를 올리고
첫날밤 아랫도리가 아팠다는
기억밖에 없고
그 뒤로 밤엔 남편의 얼굴조차 본
일이 없는데
태기라니

당장 의원을 부르러 간다는 장미를 겨우
붙잡아 놓고
안방으로 들어갔는데 갑자기
방안의 가구들이 낯설게 느껴졌다

짐승의 씨앗을 품었는가
믿을

수가 없었다
아니기를,
꿈이기를
바랐다

하지만,
장미가 의원을 부르러 간 사이
제발 태기가 맞기를 간절히
바랐다
아무리 짐승이라도
제 새끼를 가졌다면 좀
달라지지
않을까

의원은 몇 달이 지났는데 몰랐냐며
약을 지어줄 테니 원기부터 회복하라 했고
장미가 부리나케 남편에게 소식을 전했지만
그림자조차
보이지 않았다

하얀 밤을
뱃속의 아기를 생각하며
지새웠다

사내아기이기를
밤마다 정화수
떠놓고
빌었다

여전히 후원에서는 거문고 소리가
배암 혓바닥 같이 울려퍼졌고
늦은 밤이면 암코양이 울음 같은 것이
천둥처럼 창호지를
흔들었다

딸을 낳았다

그제야 얼굴을 내민 남편은
쯧쯧,
혀를 차곤 나갔다 다시는 돌아오지
않았다
불덩어리가 가슴속에서
솟구쳤다

몇 개월이 지나도 남편에게
아무런 기별이 없어
스스로 이름을 번좌(番佐)라 지었다

오히려 스스로 딸의 이름을 지은
것이
대견스러웠다

제7장

언젠가는 이런 날이
올 줄 알았지만 이렇게
갑자기 올 줄은
몰랐다

음탕한 년

태강수가 혜인에게 한
말이었다

사대부가 아녀자로서의 본분을
망각하고 은장이를
밤마다 내실로 들여 음탕한
짓을 했다는 것이었다

그리고

혜인은,
친정으로 쫓겨났다

딸 번좌의 두 돌을 며칠 앞둔
날이었다

본가에서 집안에 있는 은기물을 녹여 새로
은기류를 만들고 나서 혜인 집도 은그릇을
다시 만들라고 은장이를 보냈는데

은장이는 행랑채 광에 자리를 마련해주자
풀무와 화덕, 도가니, 모루대를 배치해놓고
앉아서 풀무 손잡이로 화력을 조절하며
은그릇 은숟가락 은수저 등을 만들었다

딸 번좌가 있어도
잔인한 밤이면 마음이
망연(茫然)해지는 건
어쩔 수
없었다

어떤 밤에는
구름을 타고 날아다니다

불덩이가 된 몸으로
뒤척이다 깬
적이 한두 번이
아니었다

그렇다고,
은장이한테 흑심을 품은
건 아니었다

지나가다 슬쩍 본 은장이는
쭈그리고 앉아 오른 손으로
풀무손잡이를 잡고 밀고 당기면서
도가니가 올려진 내화벽돌 밑의 화덕을
달구면서 왼손으로는 큰집개로 은덩이를 가열하는 모습이
신기해 잠시
멈춰서서 본 적이 있었다

다음 날 은기류 만드는 것이 신기해
차마 사대부가의 아녀자로서는 못가고
장미의 옷을 입고 변장하여
은장이에게 갔다
은장이는 혜인을 몸종 장미로 아는지
아무런 대꾸도 없이 땀을 뻘뻘 흘리며

풀무질을 하고 은을 녹이는데
정신이 없었다

은이 녹은 붉은 물이 서서히 식으면서
은색으로 돌아올 때는 마치
저녁노을의 애욕 같았다 그런
생각이 들자 갑자기
다리에 힘이
풀리고 주저앉을
뻔했다

왜 그러시오
방해 말고 가시오

고목 같은 투박한 목소리가
은장이의 몸에서
터져나왔다

혜인은 순간,
주위를 두리번거렸다 다행히
주위엔 아무도 없었다 자세를 바로 하고
다시 은장이의 메질하는 모습을
바라보았다

그만,
돌아가야 하는데
마음뿐,
발걸음이 떼어지지
않았다 땀으로 번질거리는 목과 팔뚝을
보고는 그만 오줌을 조금 지렸고 누가
볼세라 얼른
중문을 열고 안채로 건너왔다 방에
들어왔는데도
야속한 가슴은 독기를 품은 뱀의 혓바닥처럼
쉬 가라앉지
않았다

다음 날 또
갔다

옆에 앉아
이것저것 만져보기도 하고
풀무를 돌리기도 했다

너무 세게 돌리지 마시오

지청구를 들었지만

좋았다

다음 날도
그 다음 날도 또,
갔다

낮말은 새가 듣고
밤말은 쥐가 듣는다고 하던가

아씨께서 매일 은장이와 놀아나고
수시로 내실로까지 끌어들여 정을 통한다고
수군거리던데요

짓궂은 장미의 말에
혜인은 숨이 넘어갈 듯
웃었다
이대로 숨이 넘어갔으면 좋겠다는
생각,
이 들었다

나으리도 아서서
아씨를 내쫓고 저 여우 같은
연경비에게 안방자리 내준다네요

혜인은,
또다시 웃음을 터뜨렸다
참을 수 없어 장미의 손을 잡고서야 겨우
웃음을 참았다 너무,
웃어
냉혹한 창자를 칼날로 긋는 듯
끊어질 듯 아팠다
오줌도 조금 지렸다 젖은 옷이 허벅지에 닿자
서늘했다

하지만
다음 날은,
가지 못했다

몸살이
났다

몸에서
열이 났고
목이
쉬어 말이
나오지 않았다

장미가 탕약을 지어와
끓여 먹었지만
차도가 없었다

다음 날,
펄펄 끓는 몸으로 장미의 옷을
입고 은그릇 만드는 곳에
갔다

반짝이는 은그릇이
몇 벌
진열되어 있었다

잘,
만드는구나

혜인은 자신도 모르게 불쑥
말을 뱉었다

무얼 그래
이제 오늘이 마지막이라
물 한 모금 주시겠어?

은장이는 돌아보지도 않고
말했다

파르르 떨리는
가슴

부엌으로 가 물 한 그릇을 들고
은장이한테 다가가 주곤 다시 앉는데
등에 꽂히는
독화살 하나

오호라,
이제야 알았구나
소문으로만 들었다가 막상 두 눈으로
보니,
이 음탕한 년!

밤늦게 들어오거나 혹은
다음 날 들어오는 이 양반이 이젠
함정을 파놓았나

당당하게,

대담하게,
일어서서 뒤돌아보았다

짐승 같은 고리눈을 뜬,
짐승이 꼬나보고 있었다

매일 밤 안방으로 끌어들여 질펀하게 노닌다더니

노기 띤 태강수의 말에
은장이가 달려가 무릎을 꿇었다

나으리 아닙니다
전 마마님인 것도 모르고
정말입니다
죽을 죄를 졌습니다

이마를 맨땅에
찧었다

이마를 찧은 바닥에
시뻘건 핏물이 번졌다

혜인은 돌아서서

꼿꼿하게,
어깨를
펴고
당당하게, 중문을 열고
안방으로 갔다

이 놈을 당장 멍석말이 하거라

남편의 쇠된 목소리

네 놈이 욕망이란 걸 제대로
아는구나

창백한 허공에다
혜인은
말을 내뱉었다

둔탁한 소리에
은장이의 비명소리는
오래가지 않았다

간통으로 몰면
죽여도 죄가 되지 않는,

아내까지 죽여도 죄가 되지 않는,
조선 법도를 잘 알고 있었다

비명소리 끊어지고
고요,
고요가 더 무섭다
차라리 살려달라고 소리칠 때가 덜
무서웠다

내다 버려라

쿵쿵 집이 흔들리는
발자국 소리

내 임자는 살려주겠소 당장
짐을 싸시오

밝은 미소를
지었던가
놀라는 남편의 표정
거울이라도 봤으면,
내 표정이 어떤지
웃음이 터지면 죽을 때까지

웃을지 몰라,
참아야지

헤인이 아닌,
어우동은 걸어서 친정으로 쫓겨났다
번좌를 업고서 짐 보따리 하나는
장미가 들고
어머, 그림자 없어요
장미는 어우동의 앞뒤 옆을
살피며 놀라고

그림자는 그 집
귀신이 되었나보구나
깔깔깔,
길 위에서 미친년처럼 또
웃었다

걷는데 문득,
첫날밤이 생각났다
아팠던 기억 아파도
참아야 한다는 기억

그리고,

2여 년 동안
자수를 놓으며 평생,
이렇게 살아야 하나
어릴 때 많이 하던
장미와 옷 바꿔 입고 나들이 하고 싶지만
정4품 혜인이라는 신분 때문에
참았던 기억들

절에 가서
간절하게 기도했던 일
아들 낳게 해달라고 아들이
내가 살 길이라고 남편이 내게 오는
방편이라고
허망한,
기도를 했던 일

번좌가 아들이었으면 남편이 내게 왔을까
내가 행복했을까
나는 왜 사는가 산사에서
밤을 새며 가졌던 사악한
의구심들
나는 누구인가
나는 누구인가

메마른 질문에 서걱이는
바람

거기서 죽지 왜 왔느냐!
친정에 오니
아비의 벼락 같은 호령소리

내 벼슬자리는 만들어놓고 왔어야지
이년아!
오라버니의 송곳 같은 말

어디서는
간통한 딸을 아버지의 묵인하게
오라버니와 동생이 죽였다든가
간통한 어미를 강제로 자살하게 만들어 놓고
열녀로 둔갑시켰다든가

죽여라!
죽여라!

메마른 혀는
움직일 여력조차
없고

괜찮다. 기생년을 안방에 들이려고 잡놈이 꾸민 일인 걸 임금님도
아시는데. 잘 왔다.

어미의 투명한 말

며칠 후,
종실의 일을 관장하던 종부시에서

태강수(泰江守) 이동(李仝)이 여기(女妓) 연경비(燕輕飛)를 매우
사랑하여 그 아내 박씨(朴氏)를 버렸습니다. 대저 왕실종친으로서 첩
(妾)을 사랑하다가, 아내의 허물을 들추어 제멋대로 버려서 이별하는
데, 한편 그 단서가 열리면 폐단의 근원을 막기가 어렵습니다. 청컨대
박씨와 다시 결합하게 하고, 동(仝)의 죄는 성상께서 재결(裁決)하소
서

하니,
성종은 종부시의 건의를
받아들여
태강수의 직책인 수(守)를 거두고
어우동과 재결합하라는 명
을 내렸다

하지만 태강수는

3개월이 지나도록 재결합하지 않았고

성종은 직책을 다시

돌려주었다

3부 새 삶, 현비(玄非)로 살다

제8장

아비는 당장,
자결하라 했고
어미는 재산을 상속
해주었다

아직은
조선이 건국된 지 채
100년이 되지 않은 때

부모 제사도
아들 딸 구분 없이 해마다
돌아가며 지냈고 재산 또한
아들 딸 구분 없이 균등분할하던
풍습이 남아 있던 때

어미는 어우동에게
집 한 채에 몸종 장미
유모 남자노비 3명 약간의 전답을
상속해주었고 어우동은

길가에 집을
얻었다

또한,
이름을 현비(玄非),
로 바꾸었다

오라버니는 출가외인에게 왜 그렇게 많이
재산을 물려주냐고 어미에게 욕을
퍼부었지만 어미 또한
지지 않았다

이 놈아 그 재산은 내가 시집 올 때 가져온 것이다. 니 놈한텐 한 푼
도 주지 않겠다.

어미가 이렇게 한 이유가
있었는데,

오라버니 박성근이
어릴 때 동네에 다니며 이런
말을 했다고

어미가 잠잘 때 보니 발이 넷이더라.

이 말로
어미는 간통한 년으로 소문났고 아비는
음탕한 년이라 가까이
하지 않았다

어미는 거짓 소문냈다고 아들을
궤짝에 가두고 밥을 며칠 굶겼고 이후로
하인보다 더 못하게
키웠다는 후문

덧붙이자면,
어우동이 죽고 난 8년 뒤
오라버니는 어미를 죽였다 토지와 노비를
물려주지 않았다는 이유로
아들은
감옥에서 국문 받다가
죽었다

아비 또한
어우동에게 왜 재산을 물려주냐고
싸움을 걸었는데
용호상박이라

겉으로 보기엔
아비는 외교문서 관장기관인 승문원(承文院)의
정 3품 지사로 고위 관료였고
어미 정씨 또한 재력과 권력을 가진 집안 출신이라
다들 좋은 가문이라고
칭찬이 자자했는데

속으로 보면
애꾸인 아비 박윤창은 의심이 많고
기회주의자로 뇌물과 아부로 고위관료가 되었고
어미 또한 화통한 성격에 신분고하 따지지 않고 사내라면
스스럼없이 지냈으니
낮이나 밤이나
싸움하지 않는
날이
없었더라는

이런
후문 하나,

기와집을 새로 짓는데 아비가
창문을 내는 일로 트집을 잡자

어미는
이 애꾸놈아, 이 애꾸놈아, 네가 일을 아느냐?
하면서
장대로 기와를
때려부수었다고

제9장

길갓집에 이사 온
첫날
딸 번좌가 낯선 환경에 놀랄까
옆에 두고 함께 잠을
청하는데
바람소리에
가슴이 텅 빈 폐허 같은
느낌

달은
밝았고 문에
비친 나무 그림자를
바라보다 방문을 살며시 열고
밖으로 나왔다

마당엔 차가운 달빛이
쏟아지고 있었다
얼핏,
자신도 모르게 사랑채를
바라보았다 손님맞이용 사랑채인데
어이하여 야속한 눈길은 그리로 향하는가
기생 연경비와 하늘하늘 춤추는 남편이
언뜻,
허공에 머물렀다

달빛을 밟으며
마당을 도는데 와락,
속에서 뜨거운 불기둥이
솟았다

혼례 후 독수공방할 때처럼
불기둥은,
발바닥에서 시작되어 허벅지를
타고 올라 가슴으로 해서
정수리로 솟아올랐다
아찔하다

얼굴에서 불이

솟구치는 것
같다

현비는 문득,
주위를 두리번거렸다
독수공방하던 때부터 생긴
버릇

이제 막 발기한 유두처럼
솟아오른 붉은 장미꽃송이를
바라보다가도
흘끗,
주위를 두리번거리곤
했다

아무도 없으면 자신도
모르게 한숨이 터져나왔고
소음순 같은 꽃송이를 하염없이
바라보고는,
했다

평생,
이렇게 살아야 하나 감옥과

다름없는 집
독수공방하던 때부터 든
아득한 의문, 그건 차라리
치욕이었다

이제 새 삶을 살겠다고 이름까지
고치고 집을 새로 얻었건만 일렁이는
고독은 심장을 송곳처럼
찌른다

방으로 들어오니 번좌는
숨소리 하나 내지 않고 곯아 떨어졌다 이제
너도 어미의 심정을 아는구나

이제는 누구의 눈치 볼
일도 없이
자유롭게 도성에 가서
구경도 하고
집에 필요한 물건도 샀는데도
불기둥은 어이하여
눈치없이
허망하게
발바닥에서 화끈거려 정수리까지

솟구치는가

목욕을 하다 실수로 음핵을
건드렸을 때,
의 당혹감이라니
온 몸의 힘이 나른하게
빠졌다 자꾸만 장미의 눈길을 피해
음핵으로 적의가 가득한 손이
재바르게 갔다

번좌 옆에 누우니
낮에 도성 구경갔다가 장미가 물고 온
얘기가 떠올랐다

어느 절에 비구니가 주지를 살해했는데
한 중을 두고 벌인 치정극이라 했다
정인이라는 비구니는 학윤이라는 중과 연애하여
임신을 했는데 그 사실을 주지인
비구니 홍씨가 알았다 홍씨 또한
학윤과 정을 통하는 사이라 큰 사단이
벌어질 일이었다
정인은 이미 몇 년 전에 학윤의 아이를
낳은 적이 있고 학윤을 남편처럼

의지하고 살고 있는지라 소문이 더
퍼지기 전에 홍씨의 밥에 독을 넣어
살해했으며 곧장 탄로나 옥에 갇혔다
하지만 국문을 하면서 정인이 혼자 살해한 게
아니라 학윤과 모의해 홍씨를
살해했다고 자백하라고 했다
정인은 끝까지 혼자서 한 일이라고 우겼고
결국은 형장에서 목숨을 잃었다

장미는 덧붙였다
사내를 얼마나 사랑했으면 죽으면서까지
함께 살해한 사실을 밝히지 않았을까요
실토했으면 살
수도 있었을 텐데요

사랑은,
죽음인가

현비는 가슴 깊숙히 난
생채기를 손톱으로 긋는
느낌에 온
몸이
움찔거렸다

제10장

차가운 신열로 며칠을 보낸
어느 날
장미가 말했다

사람이 얼마나 살기에
상심(傷心)하고 탄식하기를 그처럼
하십니까?
오종년(吳從年)이란 이는 일찍이
사헌부(司憲府)의 도리(都吏)가 되었고
용모(容貌)도 아름답기가 태강수 나으리보다
월등히 나으며 족계(族系)도
천(賤)하지 않으니
배필(配匹)로 삼을 만합니다 아씨께서
만약 생각이 있으시면 제가
마땅히 아씨를 위해 불러 오겠습니다

현비는 가만히
있는데 갑자기 몸속의
누군가
고개를 끄덕였다

개는 상대를 물 때
단숨에 물지 않는다
자신보다 힘이 더 센지 약한지
물어도 되는지 탐색한 후에야
단숨에 목을 무는 것이다

오종년도
그랬다

사헌부가 어떤 곳인가
비록 말단 중인인 도리지만
죄 없는 양반도 벌벌 떠는 직책이지 않은가
때론 권력의 명으로
정적을 제거하기도 하지만 스스로
권력의 개가 되어 정적을 물어뜯기도 했다
털면 먼지 안 나는 사람 없듯이
정승 양반들까지도 그 앞에서는 꼬리를
내리는 것이다

그렇다고
조자룡 헌 칼 휘두르는 것처럼 하다가는 제 목이
날아가는 법

오종년은 20여 년을 사헌부에 몸담으며
물어도 되는지 안 되는지부터 살피는 게
몸에 익었다

장미가 사랑채로 모시고 와
현비를 부르고 차를
가져왔다

홀몸으로 사시는 집에 본의 아니게
실수를 하는가봅니다

장미는 현비를 과부라 했고 오종년은
믿었다

별 말씀을요
적적한 때에 동무삼아 차 한잔 좋지요

현비는 어릴 때부터 사내와
어울리는 것이
자연스러웠다

장미와 옷을 바꿔 입고 마을을
휘돌아 놀다오면 아비는 혀를

쯧쯧 찼고
어미는 잘했다고 머리를
쓰다듬었다 어미 또한 외간 남자들 뿐만 아니라
남자노비들과도
스스럼없이 지냈다
아비는 그런 어미한테 노비와 간통한 음탕한 년이라
욕을 했고 어미는 사내구실도 못하고 의심만 많은
눈깔병신이라고 욕을
했다

또한,
어머니는 거문고 가야금을 잘 탔는데
아비는 밤새 기생집에 놀다오면서 어미에게
기생년 같다고 욕을
했다
다행히,
현비는 그런 어미한테서 피를 이어받아
방안에 앉아 자수 놓는 것보다 거문고와 가야금을 타고
춤을 추는 것을 더 좋아했다

현비가 뒤로 물러나
거문고를 뜯을 때
오종년은 물끄러미 현비를

바라보았다

먹어도 되는지
안 되는지 가늠하는
중이었다

과부라 했으니 길가에 핀 꽃이라
먼저 꺾는 자가 취하기 마련이지만,
이 여인은 여염집 여인이 아니다
직감이었다
행동하는 기품이며
얼굴에 어리는 귀공녀다운 표정
사대부가의 여인이 분명할진데
별안간,
아랫도리에서 양물이 불끈
일어섰다
자신 같은 중인으로서는 감히
넘보지 못할 사대부가의 여인, 그런
여인이 손 안에 있다고 생각하니 저릿한
쾌감에 아랫도리가 뻐근했다
아니다
만약, 사대부가의 여인이 맞다면 자신은
능지처참당할 것이다 중인이 사대부가의 여인과 정을

통했다는 이유만으로도

두려움으로 가득한 쾌감
자신들과는 전혀 다른 세상에 사는
사대부가의 여인을,
스스로 굴러들어온 기회를 놓칠
수 없다는 욕망이
아랫도리에서 꿈틀거렸다 하지만,
양물은 금방 죽었다
이런,
욕망과 두려움 사이에서 고민하던 중에 금방
꼬리내리다니
낭패도 이런 낭패가
없었다
그래 오늘은 이쯤에서 물러나서 기회를
보는 게 맞다 급하게
먹은 떡은 체하기 마련

현비의 거문고 소리가 끝나자
오종년은 일어섰다

차 잘 마셨습니다. 또 들르겠나이다

마당을 가로질러가는 오종년의
뒷모습을 보며 현비는 텅빈
미소를 지었다
겨드랑이서 서늘한
땀방울이
주르륵 흘러내렸다

만난 지 오 일째 되던 날,
횟수로는 세 번째 만나던 날
서로는 탐색전을
끝냈다
마음보다 몸이 더
원했다

오종년은 가늘고 긴 손가락 끝에
눈이 있고 예민하여
현비의 여린 세포들을 하나하나
일어나게 했다

서둘러 당황하게 하지 않고
머뭇거려 달뜨게 하지 않았다
가야 할 때 가고
머물 때 머물렀다

사내의 몸을 처음 대하는 듯
가냘픈 손길에도 현비의 알몸은
투명하게 일렁거렸다
사내맛도 보지 못한
청상과부인가
오종년의 손가락이 애욕으로
여린 세포들을 쓰다듬었고
현비의 몸은
도마 위의 물고기처럼
파르르,
떨었다

내가 아닌 누군가
내 몸속에 있어
내가 아닌 누군가 몸을
떨고,
있어

내가 아닌 누군가 이 사내를
안고
받아들이는
거야

내
몸이 낯설어
지금까지 나와 함께
한
내 몸이
아니야

파르르 떨고 있는
넌
누구니?

현비는
허공으로 흩어지는 또 하나의
자신을 언뜻,
본 듯했다

오종년은
사대부가의 여인과 통한다는 저릿한
쾌감에
몸을 떨었다

하늘을 찌르는 권세를 가진 양반들의

뒤를 캘 때의 가슴 뛰게 하는
두려움의 쾌감이 몸에 밴
그는 현비의 몸에서도 같은
걸 느꼈다
성공하면 상이 내려지고 실패하면
목이 달아난다

하지만,
자신도 모르게 시간이 지날수록 자꾸만
성급해지는 것을 느꼈다
손이 마음먹은 대로 가지 않고
아랫도리가 금방이라도 터져버릴
것 같았다
참는데는 이골이 났는데도 자신도 모르게
파정을 하고
말았다
이런,
의도하지 않게 파정한
것은 처음이었다

정사 뒤의
평온함으로 둘은 나란히 누웠는데
서걱거리는 낯선 풍경이 부담스러워

오종년이 며칠 전 자신이 처리한
사건을 애기했다

첩이 본처를 학대한 일이오
이름이 경비라는 계집이었는데
남편이 잘 대해주니 안하무인격으로
집안일을 모두 처리하고 본처를 마치
종처럼 여기고 몽둥이로 마구 때린 일이오
또한 머리털까지 뽑았다고 하니 더 할 말이
무어 있겠소
남편 유완은 부모가 정해준 날 아들을 낳기 위해
안방을 찾았고 하자마자 금방 나왔다고 그럽디다
이런 사건이 종종 있었소
전년엔 행호군 박숙선이란 자가 첩을 사랑하고
본처를 소박했다가 의금부로부터 추국당했고
김휘라는 자는 첩 금강아를 가까이 사랑해 집을
지어주고 본처는 소박해 머리털을 잘랐다가
김휘는 장 구십 대에 고신 사등을 빼앗겼고
금강아는 본처를 소박하게 만든 죄로 장 팔십 대에
홑옷만 걸친 채 물볼기를
맞았다 했소

유완과 경비는 어떻게 되었습니까?

현비는 오종년 반대쪽으로 돌아누우며 말했다

내가 직접 조사해 보고를 했소
전의 유사한 경우보다 더 죄가 크니
장형을 집행한 후
변방의 관비로 삼아야
한다고요

그래서요?

결국 경비는 변방의
관비가 되었소

현비는 잠이 든 듯 가만히 있었고
오종년은 현비를 물끄러미 바라보았다
뭔가 손에 집히는 게
있었다

이런 일도
있었지요

오종년은 현비의 어깨를 쓰다듬다

손을 아래로 내려가
박처럼 둥그런 엉덩이를
더듬거렸다

신찬이란 자가 기첩 석금을 가까이 했는데
석금이 살림을 도맡아 하고 본처를 창고로 옮겨
밥을 주지 않았소
또한 본처의 큰아들 신승종이 와병하며 죽는 걸
보면서도 약을 쓰지 않았소 이를 보다 못한
둘째아들 신천순은 고자라고 거짓말한 뒤
머리 깎고 중이 되었다오 물론
그 둘은 내가 보고하여
변방으로 쫓아냈지요

오종년은 현비 위로 올라갔고
현비가 아닌 또 다른
현비가,
오종년의 허리를 꼭
껴안았다

그 후로
오종년은 가까이도 멀리도 않은 채
적당한 거리를 두고 자주 현비의

집을 드나들며 통했다 현비 또한
그 거리가 적당함이
마음에 들었다

제11장

성종은 억세게 운 좋은 사내,
였다

왕이 될 가망은 거의 없었는데
덜컥,
왕이 된 사내였다

성종은 세조대왕의 맏아들인 의경세자의
둘째아들로 태어났다
어려서부터 총명하였고 행동거지가
매우 침착하였다
세조대왕 시절 어느 날 갑자기 벼락이
내리쳐 환관이 즉사한 일이
있었는데 형인 월산대군이나 다른 내관들은
어쩔 줄 몰라 했으나 성종은
태연히 서 있었다고
세조는 이 일로 세종을 닮아

기상과 학식이 뛰어나다고 무척이나
귀여워했다

하지만 태어난 지 얼마 지나지 않아
아버지 의경세자가 죽자
어머니 한씨와 형 그리고 누이와
궁궐을 나와야 했다
세조가 죽자 숙부 예종이 즉위했고
10개월 만에 승하했다 의문이
가득한 죽음이었다
이때 성종은 억세게 운좋은 날이었다
예종의 아들이 뒤를 이어받아야
했으나 4살이었고 다음은
형인 월산대군이 있었으나
세조의 처 정희왕후가 그를 점찍었으니,
왕이 되었다

정희왕후 자신이 남편 세조를 도와 조카 단종을 죽이고 또
그를 따르는
사람들을 무수히 죽였으니,
그 자신의 경험으로 보아 힘이 없는 왕이 되면
왕이 죽는 것은 물론 자신도 죽을 처지였다 그래서
당시 훈구공신중의 공신 한명회가 성종의 장인이니

한명회의 힘을 믿고 형 월산대군이 아닌 동생 성종이
예종 승하한 다음 날 왕에 즉위하였다 이 또한,
전례가 없던 일이었다

하지만 한명회의 딸 공혜왕후는 18세의 나이에
요절하니
3년 전 종2품 숙의로 간택되었던 신숙주의
조카 후궁 윤씨가 왕비로
간택되었다 당시
윤씨의 뱃속에
아이가 있었다

당시 왕실의 최고 어른인 정희왕후는 전교를
내려

숙의 윤씨는 주상께서 중히 여기는 바이며 나의 의사(意思) 또한
그가 적당하다고 여겨진다. 윤씨가 평소에 허름한 옷을 입고 검소한
것을 숭상하며 일마다 정성과 조심성으로 대하였으니, 큰일을 위촉할
만하다.

윤씨는 정식으로 제헌왕후에 책봉되었고
4개월 뒤 왕자를 출생했으니 그가,
바로 연산군이다

4부 사랑, 사랑, 사랑하다

제12장

이난은 집 앞에 서 있는
여인을 보고 깜짝 놀랐다
점심을 먹고 난 후 거문고를 켜다가
잠시 마당으로 나온 참이었다

거문고 소리가 깊어서……

여인은 고개를 돌리지 않고
스스럼없이 말했다

여느 사대부가의 여인들처럼 장옷으로
얼굴과 몸을 가리지 않았고
미복(微服) 차림인 것도
외간 남자의 말에 고개를 돌리지 않고
또박또박 말하는 모습이
예사롭지 않았다

거문고를 켤 줄 아시오?

기생도 아니고 분명 사대부가의
여인인 듯한데
고적한 눈매와 도톰한 입술이
매혹적이었다

잘은 아니지만 들을 줄은 알지요

들어오셔서 차 한잔 하시겠소?

자신도 모르게 불쑥 나온 말
지금 잡지 않으면
영영 놓칠 것 같아 조바심이
났다

그럼……

여인은 이난더러 앞장서라는 듯
이난을 바라보았다

사랑채로 와서 차를 두고 마주
앉았으나 입이 떨어지지
않았다

여인 앞에서 이런 적,
은 처음이었다

향이 좋습니다

주위를 둘러보던 여인의 눈길이
거문고에 가 닿았다

중국에 사신으로 갔다 온 문우에게
얻었소이다만

이난의 눈길도 여인의 눈길을 따라
거문고를 향했다

여인은 한 모금 마시더니 일어서서
거문고 쪽으로 걸어갔다
꿀꺽,
이난의 입에서 침
넘어가는 소리가 났다

여인은 거문고를 무릎 위에 올려놓고
술대를 오른손에 끼었다 잠시 후
왼손으로 패를 짚으면서 줄을 퉁겼다

깊고
굵은
소리가 방안 가득,
찼다

이난은 눈을 감았다

둥 둥 둥둥 둥 징징 둥둥 ……

웅장한 음에 이난은 몸이
출렁이는 듯했다
깊고 굵으면서도 회한이 느껴지는
음색은
이제껏 들어보지 못한
것이었다

초면에 실례했습니다

눈을 뜨니 어느새 여인은
다탁 앞에
앉아 있었다

하늘에서 내려온 선녀 같구려

무심코 한 말에 여인은 까르르,
웃었다

방울이 굴러가는 소리,
였다

내 이제야 당신을 만나다니
왜이리 늦게 만났을까

이난은 여인의 곁에
앉았다

마음 맞는 사람은 언젠가는
만나게 되어 있지요

여인의 말에 이난은
두 팔로 여인을 안았다

꿈만 같구려

아직 날이 밝은데……

여인이 말하자

벌이 꽃에 앉는데 낮과 밤을 구별하리오

현비 아닌 또 다른 현비가 몸속에서 튀어나와
와락,
이난의 품속으로
파고들었다
현비는,
물러서려는데 현비 아닌 현비가
뜨거운 몸을 어쩌지
못하고 이난의 몸을
안았다

이난은 이미 혼미해져 옷을 헤집는 손이
떨렸다 현비 아닌 현비는 이난의 손을 도우면서
스스로 옷을 벗었다 현비는
부끄러웠지만,
또 다른 현비는 솔직하라고,
귀에 대고 속삭였다

이난의 가느다란 손길이 닿을 때마다 현비는

몸을 움츠렸고 뜨거워진 또 다른 현비는,
암코양이 울음소리를
냈다

이난은 서둘지 않고 현비의 몸 구석구석을
어루만지고
핥았다
현비 아닌 현비는 허공에
산산이 흩어졌다

현비는 단단한 욕망을,
움켜쥐었고
현비 아닌 현비는 욕망을,
울컥,
울컥,
토해냈다

이난의 몸이 현비의 몸에
들어왔을 때
이번엔,
현비가 허공에서 툭,
터졌다
현비의 입에서 신음소리가,

쏟아졌다
현비 아닌 현비는 어디 가고
오롯이
현비만이 남았다

열락 후의
만족감으로 나란히 누웠을 때,
나른한 잠이 쏟아지는데

통성명이나,
이난은 얼굴을 붉힌 채 말을 더듬었다

방산수 이난이라 하오만

흡,
이번엔 현비가 놀라는
눈치였다

왜 그러시오. 나를 아시오?

현비는 놀란 눈을 내리깔았다

저같이 하찮은 계집이 어떻게 왕실종친 어른을,

소인은 현비라 하옵니다

아니오. 나 또한 하찮은 미물에 지나지 않으이
왕실종친이라고 괘념치 마시오
현비라,

다음 말을 머뭇거리는 이난의 말에 현비는 재빨리
말을 꺼냈다

혼자 사는 과녀(寡女)이옵니다

혹 길갓집에 사시지 않소?
지나가다 그 집에서 거문고 소리를
몇 번 들은 적이 있거늘
오늘 들은 소리와 너무
닮았구려

아니옵니다 소인은 길갓집에 살지
않습니다

현비는 일어나 옷을
입었다 이난이 말릴 새도
없이 현비는 고개를 숙여 예를

표한 후 아쉬운 듯한 이난의 표정을
뒤로 하고 집을
나왔다

밖으로 나온 현비는 한숨을
내쉬며 가슴을 쓸어내렸다

아씨 왜 그러셔요 얼굴이 창백한 게

장미의 호들갑에 현비는
정신이 번쩍 들었다

아니다 빨리 가자 번좌가 기다리겠구나.

장미는 현비의 얼굴을 보곤
고개를 갸우뚱했다

근데 왜 거짓말을 했어요?
길갓집에 사신다고 바로 고하시지 않고

어허, 말이 많구나

전에 없이 굳은 현비의

얼굴에
장미는 이해가 안 된다는 표정을
지었다

방산수라면,
세종대왕의 서손자이자
계양군의 넷째 서자이다
왕실종친은 비록 서자라 하더라도
적자와 다름없이 왕실종친으로서의 권한과 혜택을
받으니 정4품의 수(守)를 봉작 받았을 것이다
그리고,
남편과 6촌
근친상간,
이다

현비는 발걸음을 빨리
했다
영문 모르는 장미 또한 덩달아
발걸음을
빨리 했다

깔깔깔
깔깔깔

갑자기 현비는 웃음을,
터뜨렸다

깔깔깔
깔깔깔

창백한 웃음소리가
허공으로
퍼져나갔다

아씨,
왜 그런데요
근데,
아씨,
그림자가 없어요, 아씨

제12장

이난은 거문고 소리가 낮게 깔리는
길갓집에서,
한참을 머뭇거리다 안으로
들어갔다 몸종 장미가 나와

반가이
맞이했다

사랑채로 모시고 현비가
말릴 새도 없이 주안상을
가져왔다

술은 이난 혼자 스스로 따르고
마셨다
또, 손수 따르고
혼자,
마셨다

술병이 비자 장미가
재빨리 다른 술병을
가져왔다

잘 익었구려

현비는 술병을 들어 자신의
잔에 따르려는데 이난이 술병을
낚아챘다

왜 나를 피하는 것이오
수십 번은 더 왔고 억겁의
세월이 흐른 것 같소

술이 넘쳐 흘렀다

현비는 한 잔을 마신 후 술병을
들어
자신의 잔에 따랐다 안주도
없이 또다시
잔을
비웠다

이난도 자신의 잔에 술을
따라 한 잔
마셨다

이 집은 과녀가 사는 집입니다 외간 남자가 함부로
드나들 수 없습니다

술잔을 든 이난의 손이
떨려 술이
옆으로

흘렀다

난 거문고 소리가 그리워 왔소 동무가 되는데
남녀 구별이 있겠소

이난은 일어나 벽에 기대어 있는
거문고를 가져와 무릎 위에
놓았다
술대를 오른손에 끼고 왼손으로
패를 짚었다
술대로 줄을
퉁겼다

둥

둥

둥

징

깊고 웅숭한 소리가 방안을
유영했다

현비는 말없이 술잔만
비웠다

등
둥
징
징
둥
둥

굵고 웅장한 소리가 현비의
투명한 가슴에
젖어들었다

그대의 시를 읽었소 이난은
거문고를 무릎 위에 놓은 채
말했다

백마대 빈 지 몇 해가 지났는고 / 白馬臺空經幾歲
낙화암은 선 채로 많은 세월 지났네 / 落花巖立過多時
청산이 만약 침묵하지 않았다면 / 靑山若不曾緘
천고의 흥망을 물어서 알 수 있으련만 / 千古興亡問可知

현비의 눈동자가
일렁이고 부끄러운 입술이

열렸다

소인도 나으리의 시를
읽었나이다

물시계는 또옥또옥 야기가 맑은데 / 玉漏丁東夜氣淸
흰 구름 높은 달빛이 분명하도다 / 白雲高捲月分明
한가로운 방은 조용한데 향기가 남아 있어 / 間房寂諡餘香在
이런 듯 꿈속의 정을 그리겠구나 / 可寫如今夢裏情

이난이 현비를 찾아왔을 때
집에 없자
혼자 앉아 있다가
지은
시였다

자 한 잔 하시오

이난이 현비의 잔에 술을
따랐다

한 잔 받으시지요

현비가 이난의 잔에 술을
따랐다

마당에선 꽃들의 망울이 툭,
터지는 소리가
났다

여기,
당신의 이름을 새겨주오

이난은 소매를 걷더니
술상을 옆으로 치우며 현비에게
무릎걸음,
으로 다가갔다

현비의 놀란 표정에 이난은 출렁이는
미소를 띠었다

그대의 이름을 영원히 품고 싶소

현비의 완강한 거절에도 이난은
한 치도 물러서지 않았다 돌보다 더
단단한 신열이었다

마침내 현비는 벼루와 바늘을
가져왔다
이난은 드러난 팔뚝을 바라보다 눈을
감았다

한 땀,
한 땀,
먹물이 살갗을 파고 들
때마다
이난은 자신의 몸속으로
현비가 들어오는 것,
을
느꼈다

눈을 감으니 통증도 사라지고
허공에 몸이 붕 떠올랐다 현비의
몸속으로 들어가 파정(破精)을 할 때와
비슷했다

저릿한 애욕이 가슴에 턱,
받쳤다

한 땀,
한 땀,
이난의 몸속으로 먹물이 베어들 때마다
가슴속의 불덩이가 정수리로
솟구쳤다

현비가 자신의 몸속으로
들어와
여기 저기 헤집고
다니는 것
같았다

열락,
이었다

다 됐습니다 아프지 않으셨는지요

현비의 말에 눈을
감고 있던 이난이 눈을
뜨고 팔뚝을
바라보았다

玄非

영원히 그대는 내 가슴에 있소

이난은 현비를 꼭
안았다
또 다른 현비가 아닌,
현비가
이난의 품속으로
파고들었다

서로서로가 옷을 벗겨주고
몸이 하나가
되었다

새로,
태어난
느낌이었다

생의
첫,
환희였다

제13장

열락(悅樂) 뒤의 평온함으로 두 사람은
나란히 누워 여운을 즐길 때
갑자기 생각난 듯 현비가
물었다

왕실종친들은 왜 벼슬길로 나가지 않는지요

왜, 왕실종친 중에 또 나 같은 한량이 있소?

이난은 껄껄껄, 웃었고
현비는 가슴이
섬뜩했다

왕실종친은 벼슬길에 나가면 안 되는 게
이 나라의 법이요

현비는 이 난의 팔을 베고
눈을 감았다
이 난의 말이 자장가처럼
들렸다

구성군이라고,

세종대왕의 넷째아들 임영대군의 아들인데
문무가 특출한 사람이었다오 임영대군은 알다시피
세조대왕의 동생이오
이시애의 난이 일어났을 때 구성군은 남이 장군과 함께
난을 평정했지요 그때 벼슬이 병조판서였는데
단숨에 영의정으로 올랐소 28세의 나이였으니
얼마나 빠른 출세길이었소
하지만 1년 후 역모의 탄핵을 받고서 몇 년 후
사약을 받아 죽게 됩니다
그 후로 왕실종친들은 벼슬길에 오르지 못한다고 성종께서
경국대전에 못 박았지요
세조대왕과 함께 정희황후는 조카 단종대왕을
죽이고 남편을 왕으로 만든 사람이니 권력의
세계를 훤하게 꿰고 있는지라
현왕 성종이 어리니 제일 무서웠던 게
구성군이었소
문무를 겸비한 데다 이시애 난을 평정한 후
백성들로부터도 신망을 얻고
있었던지라 불안했겠지요
자기가 한 것처럼 구성군이 언제든
성종을 죽이고
왕위에 오를지 불안했던 거지요
그래서

먼저 구성군에게 역모의 죄를 씌워
제거했답니다

남이 장군도 결국
같은 역모로 죽었는데
남이 장군의 할머니가 태종대왕의 딸
정선공주였지요
그 역시 문무를 겸비한 뛰어난 사람이었는데 구성군과 함께
이시애 난을 평정하고 구성군이
병조판서에서 영의정이 되자 뒤를
이어 병조 판서가 되었지요 그때 나이
28세였답니다

그래서,
왕실종친들은 풍류를
즐기십니까?

현비는 잠결인 듯
말했다

그렇지요 벼슬길에 나갈 수 없으니 술과
계집에 빠질 수밖에요 학문을 해
뛰어나다고 소문나면

자칫 역모로 몰릴 수 있으니 세상과
등지고 술로 한 세월 보내는 게 그나마
제 명대로 사는
것이지요

이 난은 현비를 뒤에서
안았다

왕실이란 게
잡놈들 세상이구나

현비는 갑자기 터져나오려는 웃음,
을
기꺼이
참았다

이난은 매일이다시피 현비를
찾아왔고
서로 시를 주고 받고 번갈아
거문고를 켰다 이난이 거문고 켤
때면 현비는 사뿐사뿐 춤을
추기도 했다 날아오르고 싶은,
날고 싶은,

거문고 가락에 몸을 싣고
허공으로
영원히 날아가고
싶었다

이난은 현비가 없을 때는
팔뚝에 새긴 현비 글자를 보며
헛된 애욕을
달랬고
시를 짓거나 거문고를
켰다

제14장

성종은
정희왕후와 인수대비가 구성군과 남이장군을
제거하자
땅 짚고 헤엄치기 식으로
왕 노릇을
했다

후에 누군가,

조선 왕 중에 성종과 연산군이 기생을 제일 좋아했다

라고 말했듯

그에겐
주요순(晝堯舜) 야걸주(夜桀紂)란 별명이 있었으니
낮엔 중국 역사상 가장 위대한 황제였던 요순처럼
정사를 돌보았고,
밤엔 중국 하나라의 걸 임금과 은나라의 주 임금처럼
주색잡기에 능하다는
뜻이었다

그 별칭에 걸맞게 거의 매일 밤
금원(禁苑)에서 가까운 사람들을 불러
소연을 베풀며
기생들과 어울렸고 또한
많은 후궁들을 두었다
3명의 왕후와 9명의 후궁을
거느렸고 그들에게서
16명의 아들과 12명의 딸을
얻었으니 그 양물
또한
명물이라

자식들이 너무 많아 궁궐에
다 살 수 없으니 궐 밖
여염집을 구해
살게 했다

기생을 궁궐로 부르기도 했지만
백성의 생활형편을 살핀다는 핑계로 밤에
잠행을 자주해 기생들과 놀았는데
현비와도 여러 밤을,
즐겼다고

제15장

성종이 잠행을 통해 기생들과
어울리고 있을 때
후궁에서 중전의 자리에 오른
왕후 윤씨는,
독수공방
신세였다

아들 연산군이 태어났기에
적적함을 달랠 수 있지만 궁궐 밖에서는

기생들과 놀아나고
궁궐안에서는 후궁들과
어울리는 지아비가
야속했다

지아비가 가끔
아들인 원자를 보러 오기는 했지만
낮이었고 정작,
밤에는 후궁만을 총애하며
찾으니 중전의
자리가 너무
무거웠다

그러다 어느 날,
비방을 일삼는
후궁들을 불러내어 치죄,
하니
칠거지악 중에
투기
투기,
에 해당 되는 중한
죄를
범하게 되었다

게다가
인수대비 또한 왕후를
못마땅하게 여겼는데

미천한 가문의 출신이라 왕을 든든히
지켜줄 친정이 있는 것도 아니고 자신처럼
정승 가문에 유학적 조예가 깊은 것도
아니었다

인수대비는 시아버지 세조대왕이
폭빈(暴嬪)이라 할 정도로,
자식에게 엄하고
과실에 용서를
하지 않았다

21살에 과부가 된 인수대비는 왕이 된
성종이 곧 자신이니 남편보다 더
중요한
존재였다

왕후 윤씨가 후궁 시절,
한밤 중 성종과 윤씨가 같이 자는

방에
불쑥,
인수대비가 찾아갔다고 했다
적적해서,
잠이 오지 않아 찾아왔다고 밤새
두 사람 사이에서 술을 마시며 놀다
새벽이 되어서야
돌아갔다고 했다

윤씨가 중전의 자리에 오른 후에도
그 자리를 인정하지 않으니
남편에게도,
시어머니에게도
인정 받지 못한 윤씨는
하루를
천년처럼 살았다고
했다

제16장

여기서
후문 하나,
소춘풍(笑春風) 애기

먼저,
효령대군의 아들인 영천군 이정에 대해
먼저 말하면
어우동의 시아버지인 것은 앞서 밝혔는데
상당한 호색한
인물이라

한양에서는 때때로 지방의 이름 있는 기생을
뽑아 올리라는 명인선상(選上)을 내리는데
미리 물색하여 그 중에 뛰어난 기생은
영천군이 자신의 집에
머물게 하였다

그의 집을 거쳐간 기생들이 명기로 이름을
떨쳤는데 그 중에 청교아를 비롯하여
자동선도 있었는데 명나라의 사신이 얼굴
한번 보고 싶어할 정도로 그 또한
경국지색이었다

靑郊場柳傷心碧 (청교장류상심벽) 청교역의 버들은 가슴 아파 푸
른데
紫洞烟霞滿意濃 (자동연하만의농) 자하동의 안개와 노을은 흡족하

게 짙구나.

서거정이 지은 시인데 영천군이
이 시를 외우며 자랑하고
다녔다

그 보다 더 최고로 꼽는 기생
가무에 능하고 시와 문장에도 빼어난,
미모로서 한 세상을 뒤덮었다던
봄바람을 웃는다, 라는
소춘풍(笑春風),
이 영천군의 집에 머물렀는데

어느날,
김윤손이 영천군이 데리고 사는 기생
소춘풍을 불러다가 대낮에 통했으니 결장 1백대에
고신을 빼앗아야 한다고
사헌부에서
탄핵했다

결국 김윤손은 장형(杖刑) 대신 속(贖)을
바치고 외방으로 쫓겨났다

다행히 아무런 죄를 받지 않은
소춘풍이 성종이 베푼 성대한
연회에 참석하여 춤과 노래를 불렀다

성종은 소춘풍에게 술을
따르라고 명했다

하지만 소춘풍은 감히 성종에게 술을
못 따르고 영의정 앞으로 갔다

태평성대(太平聖代)로다 어즈버 태평년월(太平烟月)이로다
격양가(擊壤歌) 드높이 울려오니 이 아니 성세(聖世)인가
순군(舜君)도 계시건만 요(堯)야 내 임금인가 하노라.

성종은 크게 만족했고 다음은
대제학 앞으로 갔다

당우(唐虞)를 어제 본 듯 한당송(漢唐宋)을 오늘 본 듯
통고금(通古今) 달사리(達事理)하는 현철사(賢哲士)를 어데 두고
저 설 데 역력히 모르는 무부(武夫)를 어이 좇으리.

술을 올리며 노래를 부르니
문신들은 호탕하게 웃었으나 무신들은

안색이 변해 분위기가 어색해졌다

이 시를 해석하자면,
중국의 이상세계, 요순시대와
가장 문화가 찬란했던 한, 당, 송 시대가
이 땅에 재현된 듯한 성세임을
강조하면서 이는 고금의 사리를 통달한
현철한 문신(文臣)들의 업적임을 은연중에
암시하면서 그토록 훌륭한
문신을 옆에 두고 어찌 제자리도 모르는
무부(武夫)를 따르겠느냐고 하여,
문신을 한껏 치켜세우고
무신을 깎아내리는 노래라

무신들의
표정이 변했고

이에 어색한 분위기를 눈치챈 소춘풍이 다시
노래를 불렀다

전언(前言)은 희지이(戲之耳)라 내 말씀 허물 마소
문무일체(文武一體)인줄 나도 잠깐 아옵거니
두어라 규규무부(赳赳武夫)를 아니 좇고 어이리.

무신들을 치켜세운 뒤

제(齊)도 대국(大國)이요 초(楚)도 대국이라
조그만 등국이 간어제초(間於齊楚)하였으니
두어라 하사비군(何事非君)이리오 사제사초(事齊事楚)하리라.

두 훌륭한 사람 사이에서
누구를 모시랴,
두루 문신과 무신들을 치켜세우니
분위기가 한껏 고조되었다

이에
상으로 금단과 견주, 호표피, 후추를
하사 받으니 혼자 옮길 수 없어
힘센 사내들을 부를 수밖에 없었다

각설하고,

주요순(晝堯舜) 야걸주(夜桀紂)란 별칭을
가진 성종이 그냥
있을 리가
없었다

성종은 다음 날
쥐도 새도 모르게 궁궐로
소춘풍을 불렀다

둘이서 한 잔 두 잔 하며
유흥을 즐기다 성종이 넌지시
물었다

오늘 밤 너와 함께 하고
싶은데
네 뜻은 어떠냐?

소춘풍은 머뭇거리기만 할 뿐
답이 없었다
다시 재촉하니

대왕께서는 일야총 백년한(一夜寵 百年恨)이라는
말을 들어보셨는지요?

그게 무슨 뜻이냐?

이에 소춘풍은 실토했다

성상의 하룻밤 총애를 입으면 후궁이 되니
평생 독수공방의 한을
품고 살아야 한다는 뜻이옵니다

이에 성종은

네가 인생에 있어 왕이로구나

껄껄,
웃었다

하지만
다음 날부터 여러 번
이서방으로,
미복잠행하여
소춘풍을 찾아 통하였으니
역시 야걸주(夜桀紂)다웠다

덧붙이자면,
세월이 흐른 후
성종 후궁의 아들인 봉안군,
그의 아들 홍원군이 소춘풍과

통하였으니

내 너에게 후하게 해 줄 것이 없다 네가 죽으면 네 무덤 앞에서 별
도로 제사상을 차려주리라

약속했고,

소춘풍이 죽자
약속대로 제주를 갖추어
훌륭한 제사상을
차려주었으니

위아래 없이
소춘풍 치마에 빠진
왕실이었다

제17장

현비의 집 옆에
구전이라는
내금위 나장이 살았는데 어느 날
담장을 넘어
현비 앞에 나타났다

내금위 나장이라면 한량에다
기생들의 기둥서방인
기부(妓夫)가 대부분이라

가끔 이름 있는 기생들을 한양으로
뽑아올리라는 명이 떨어지면 지방의
기생들이 한양으로 올라오는데 이때
의식주가 제일 큰 문제라
기부들이 이 문제를 해결해주고
기생들을 장악하여
기방을 열고
이익을 착취하는데

기부가 될 수 있는 사람은
대전 별감, 포도청 포교, 승정원 사령 등이었는데
이들은 모두 왈자의 중추세력이면서
더불어 기둥서방이자
기방의 주 고객이었다

구전 또한 기방을 운영하는
기부였는데
내금위라면 궁궐을 수비하는 군대라

권세 또한
컸다

현비가 마당을 산책할 때 담 너머로
애욕의 시선을 느꼈지만 모른 척
넘어간 일이 한두 번이
아니었다

장미를 통해 구전이라는
내금위 나장에 대해 들을 만큼
들었으니 허기진 시선이
매일 뒤통수에 따라 다녀도 옆집이라
크게 개의치 않았었다

왜 이러시오

현비는 고개를 꼿꼿이 세우고
구전을 엄하게
바라보았다

기방에서 인생의 대부분을 보낸
자이지만 현비의 위엄 있는 말투에
주춤,

했다

구전 또한
무엇을 어찌하겠다고 담을
넘은 것은
아니었다

매일이다시피
현비가 마당에서 산책하는 걸 보고 단박에
반했고 또한 과녀이며 드나드는
사내도 있다는 걸
알았다
하지만 보아하니 함부로 꺾으면 안 될
꽃처럼 느껴졌다
직감이었다
먹어도 탈이 나지 않는지 직감으로 알아냈다
법 중에 제일 무서운 게
사대부가의 여인을 범하는 것이었다 들키면
곧장 참형이었다

저, 그게 아니라

구전은 말을 더듬었다

날마다 담 너머로 염탐하는 게
모자라 이제 월담을 한단 말이오?

키가 장대 같고 덩치 또한 곰 같은 사내가
쩔쩔 매는 걸 보니 웃음,
이 나왔다

저, 그게. 그러니까 마님을 날마다

됐소. 이왕 오셨으니 차나 한잔 하시구려

현비 아닌 현비가 불쑥,
말을 꺼냈다
현비는 당황했지만 이미 몸은
사랑채를
향하고 있었다

차를 앞에 놓고 보니
둥근 얼굴에 짙은 눈썹하며
두툼한 입술이 마음을
끓어 당겼다
허벅지는 보통사람

허리만큼이나 굵었다

방산수 이난도 왔다간 지
며칠 지났고
오종년은 무슨 냄새를 맡았는지
발걸음을
끊은 지가 오래되었다

차를 다 마시고 이제 갔으면 하는,
생각이 들 때
갑자기 구전이 다탁을 옆으로 치우고
현비를 와락,
껴안았다

그, 그대를 한번 아, 안고 싶었소

고목처럼 커다란 사내가 여리게
떨고 있었다

순간,
현비는 몸에 힘이 쏙,
빠졌다 손가락 하나
꼼짝할 수

없었다

현비는 당황하고 있을 때
어느새 두 사람의 옷은 다 벗겨졌고
구전의 태산같은 몸이
더운 입김을 뿜으며
위에 있었다

밀치려고 하는 찰나
홍두깨처럼 커다란 게 아랫도리로
쑥,
들어왔다

음

현비 아닌 현비가
신음소리를 냈고 구전의
허리를 두 손으로 꽉
껴안았다

일진일퇴(一進一退)
전진후진(前進後進)

일진일퇴(一進一退)
전진후진(前進後進)

기생 기둥서방이면 여자 하나쯤
열락의 세계로 보내는 것은
식은 죽 먹기일 텐데
이 놈은 어찌
전진후진밖에
모르는가

기교는 없고 오직
힘으로만 통하고
남을 배려할 줄 모르는
놈이다

단순무식하고 솔직한 것이 마음에
든다 통하는데
허영이 없고 오직
헛된 욕망만이
존재할
뿐이다

현비 아닌 현비가 손가락을 세워

구전의 등을 찍었다

으,

구전의 입에서
신음소리나더니 곧장,
파정을 하고
나가떨어졌다

얼굴이 붉은 것이
제가 생각하기에도
민망한 모양이다

긴장해서,

구전은 부리나케 옷을 입더니
밖으로 나갔다

밖으로 나오니 장미가
시무룩한 표정으로 서
있었다

왜 그러느냐

현비의 말에 장미는 머뭇거리다
말했다

이젠 담 너머로 온 사내와는
통하지 마시지요

왜냐

종놈이 없으니 이 년은……
앞으로 대문으로 들어오는 사내만,

알았다
내 너의 형편을 고려하지 않았구나

지금껏 만나는 사내마다 주인은
현비가 아랫사람은 장미가 취했으나
담 넘어 온 놈은 혼자였으니 현비가
오히려
미안했다

제5부 열락의 세계에 빠져들다

제18장

단오절,
여인들이 깊은 우물 같은
기와집에 살다가
숨통 트이려 밖으로
나오는 날
이 날은 뭇 사내들을 볼 수
있는 날이라
나들이하는 사대부가의 여인들로
북새통을 이루었다

현비는 창포를 삶아 창포탕에
머리를 감고 목욕도 하였다 하지만
장옷으로 얼굴과 몸을 가리지 않은 채
대문을 나섰다

장미 또한 창포탕에 머리감고
주인의 뒤를 따랐다

신의 장난인가

현비는 또다시 기막힌 한
사내를 만났다

수산수(守山守) 이기(李驥),
정종대왕의 아들 석보군의 손자이니
남편과는 8촌지간이다

그네를 타다 땀을 식힐 겸
그늘에 장미와 앉아 있는데 건너편에
있는 지체높은 양반이
자꾸만 흘깃거렸다

오늘은 저 나으리가 아씨 짝이 되겠네요

장미의 말에 현비는 조용히
미소를 지었고 장미는 주인보다
종놈의 코가
큰지 그것부터
살피고 있었다

수산수 이기는 현비가
그네 타러 올 때부터
현비에게

빠져있었다

다들 장옷으로 얼굴과 몸을 칭칭 감았는데 유독
현비만이 얼굴과 몸을 그대로 드러낸 것이
심상치 않아 보였다
얼굴 또한 하늘에서 갓 내려온
선녀 같은지라
처음으로 마음이 설레는
여인이었다

화려하게 단장한 기생들에겐 물릴 대로
물린 터라 규방의 여인 같으면서도
자유분방함이 느껴지는 현비에게
홀렸다

현비가 그네를 타는 동안 이미 그는
현비와 정사를 벌이는 상상에 빠져
양물은 독불장군처럼
타올랐다

마침내,
기회를 엿보다
쉬는 틈을 타 몸종을 불렀다

뉘집 아씨인고?

장미는 이미
눈치를 채고 기다리고 있었던 지라

내금위의 첩입니다

장미는 멀리 떨어져 있는 말구종(驅從)을
흘깃거리며 말했다

이기는 속으로 쾌재를 불렀다
내금위의 첩이라면 어찌해 볼 수 있을 것
같았다

이리하여,
현비는 남편의 4촌 방산수 이난에 이어
8촌 수산수 이기와
통하게 되었다

이기와는 남양지방에서 운영하는
한양 사무소인
경저(京邸)에서

통했다

이기는 한량중에도 한량이라
여자의 몸을
아는 자였다

벗은 현비의 몸이 부끄럽지 않게
배려할 뿐 아니라
뜨거운 손이 너무 앞서가
뒤쫓아 오게 하지
않을 뿐 아니라
너무 늦게 가서
기다리게도 하지
않았다

갈 때 가고
머무를 때를 아는
사내였다

서둘지도 않고
느리지도
빠르지도 않았다

허둥대지 않았고
들어갈 때와
나올 때를 알아
한창 달뜰 때
파정을 하지
않았다

현비 아닌 현비가 아니라,
진짜 현비의 몸이
부드럽게 녹아
허공에
흩어졌다

이기 또한 열락의 세계를
오고 갔다

봄보지는 쇠꼬쟁이를 녹이고
가을자지는 솥뚜껑을 뚫는다더니

역시 봄이라 현비 역시
쇠꼬쟁이를 녹이는구나
극락이 따로 없구나

이기는 짐승같은 신음,
을 내뱉었다

주인이 한량이면 종놈도 따라가는 법
현비가 밖으로 나오니
장미 또한 얼굴이
환하게 피었다

제19장

한편 도성에서는
한 여인이
두 남자를 사랑한
사건으로
큰 물의를 일으키고
있었다

몇 년 전,
권경의 첩 동백(冬柏)은
권경이 부친상을 당해 충주로 돌아가
분묘를 지킬 때
사랑채에 머물던 김장수와
불 같은

정을 통했다

3년 상을 마친 권경은 이 사실을
모르고
동백과 사랑을 나누었는데
이 동안에도 동백은
김장수와 계속
통하였다

동백이 정을 나눈 남자는 이 뿐이
아니었는데
권경이 평안도 채방사로 나갔다가
1년 후 집으로 왔는데
인근에 사는
강응겸과 몰래 정을
통했다는 말을
들었다
강응겸은 후에 집경전의
당직으로 있을 때
재를 올리는 곳에서 기생과
통하다가 쫓겨나
경주판관에 제수되고도
부임하지 못했던

인물이었다

결국 권경과 동백은
헤어졌는데
6살 난 딸 동비가
있었다

문제는
엉뚱한데서
터졌다

몇 년 후,
권경의 아비 우찬성 권제는
재산을 분배할 때
첩의 자식인 권추에게
많이 주었다
이에 불만을 품은 권경은
아비가 죽자 이복동생인
권추의 재산을 빼앗았고 권추는
소송을 냈다
권추는 소송에서 이겨 재산을
되찾았지만
권경은 또다시 고발했다

이복동생이 자신의 딸
동비를 첩으로
삼았다는
것이었다

성종은 보통 사건이
아니라고 보고
사헌부에 철저하게 조사해
보고하라 했는데
권경의 모략으로
밝혀졌다

권경이 딸이라고 말한
동비는 첩이었던 동백이
낳은 것은 맞는데
권경이 시묘살이하는 중에 김장수와
상간(相奸)하여 낳은 딸이기에
권경의 딸이 아니며 따라서
권경이 주장하는 이복형의
딸을 첩으로 삼은 것이
아니라고 보고했다

이 과정에서

권경의 속셈이 밝혀졌는데
부모가 준 재산을
빼앗기 위해 이복동생 권추를
모함했다는 것이었다
권경은 결국
장 100대에 3년의
벌을 받고
공신의 직첩도 빼앗긴 채
외방에
부처됐다

동비는 관의
노비가
되었다

제20장

현비가 진정으로
사랑한 사람은
박강창이었다
전의감(典醫監) 생도(生徒)였는데
현비의 집에
노비를 팔러왔다 현비가

한 눈에
반했던 것이었다

박강창은 대대로 이어져온
의관 집안의
아들이었는데 어릴 때부터
도제식 교육을
받았다

중인 신분에는 의관 외에도
통역관(외교관), 음양관(과학자), 율관(법조인),
산원(회계사), 화원(화가), 악원(음악인) 등이
있었는데 모두
잡학일 뿐이었다

유학이 으뜸 학문으로
대우 받았으니
전문기술이나 기능은 양반이
배울 것이 못 된다 하여
양반들은 배우려 하지
않았다

잡학 중에서도 의학은

으뜸이었는데
과거시험도 의과와 함께
역과 음양과 율과 뿐이었다
나머지는 실기시험인
취재(取才)만 있었다

의사가 되려면 취재와 자격시험인
의과를
통과해야만 했는데 배워야 할
과목수가 많아
어릴 때부터 공부만
해야지 놀
시간이 없었다

그런 환경탓에
화원이나 역관처럼
집안 대대로 의원으로 내려온
집안이 많았다

의원 3대가 되지 않으면 그 약을 먹지 말라

라는,
말이 조선왕조실록에

남아 있을 정도였다

박강창도 의원 집안에서 태어나
공부만 한 샌님이었다
의관이 되려는 사람들은 다들
그렇게 공부하기 때문에
박강창 또한 어릴 때부터
할아버지 아버지가 병자를 치료하는
과정만 보아온 터라
당연하게 여겼다

의관은 중인들이 하는
신분이라 계속적인
승진이 보장되지 않았다
법규상 최고인 정3품 당하관까지는
오를 수 있지만
고위직에 해당하는
당상관에는 오를
수 없었다

대신 특별 승진이라는
게 있었는데
임금이나 왕실의 최측근에서

건강을 보살폈기
때문이었다
병을 낫게 하거나 왕비의
순산을 도우면
특진도
가능했다

성종은 원손(후에 연산군)이
태어난 것을
기뻐하며 의관 2명을
종2품에 제수했다
하지만 대신들이
벌떼같이 일어나

단지 출산을 도운 공로로 갑자기 높은 품계에 올랐으니 물정에 맞
지 않습니다

반발했고 승진 인사를
철회할 것을
요구했다
하지만,
성종은 들어주지 않았다

의술이 잘못
되었을 경우
죽음을
당하기도 했다

정종하는 정3품인 전의감의
책임자였는데
왕의 자리를 세종에게
물려주고 상왕이 된 태종이
의금부에 보내 참형에
처하도록 했다

이유인즉,
정종하는 상왕을 돌보라는
명을 받았는데
상왕이 워낙 강직하고
총명한 탓에
두려워서 가까이
모시고 싶지 않다
자신할 만한 경험이 없다,
고 태종에게 나아가지
않았다가 대역죄로 참수되고
재산도 몰수당했다

성종 때는 사헌부 대사헌 채수(蔡壽)는
장문의 상소를 올렸다

비록 화타처럼 의술이 뛰어난 무리라도 앞서 역사에서 곁가지로 적
어두고 열전(列傳)에는 넣지 않았습니다. 출신이 보잘것없고 하는 일
이 천(賤)하기 때문 아니겠습니까? 조선도 의관과 역관 중에 조금 우
수한 자를 간혹 올려서 당상관을 삼고 2품으로 승진시키기도 했지만
특별한 혜택일 뿐 앞서 왕들이 행한 것은 아닙니다. 더구나 이들은 거
의 모두 미천합니다. 외람되게 나라의 은혜를 입었으니 지나친 것입니
다. 그런데 오히려 분수가 아닌 것을 희망해 스스로 높은 자리를 차지
하려 하니 마땅히 죄를 추궁하며 엄히 벌해서 그 나머지 무리들(다
른 의관들)을 경계해야 합니다

각설하고,

박강창의 아비는 세상물정 모르는
아들이 걱정되어 아무개가
노비를 사려고 하니
직접 가서 팔고 오너라,
시켰는데
마침 그 아무개가 현비라

박강창은 물어물어 현비의 집에
오자 장미는 사랑채로 모시고 현비에게
알렸다

현비는 사랑채에 들어가서 박강창을
보는 순간 어질머리가 났고
갑자기 두 다리에서 힘이
쏙,
빠졌다

박강창 또한
어질머리가 나
스르르 그대로
주저앉고 말았다

노비 파는 문제는
어떻게 했는지
얼마에 어떤 조건에
팔았는지
기억에 나는 게 없고 집에
가서도
부모 앞에서
횡설수설했다

현비 생각에 밤을 새운
박강창은 오전 공부를 어떻게
했는지 정신이 하나도 없었고
점심을 거른 채 현비의
집으로 갔다
하지만 현비는 이난과 출타중이었고
저녁 때가 되어서야
집으로 왔다

번좌를 돌보던 유모의 말이
딱해서 못 봐주겠다고
현비가 돌아오자마자
고했다

다음 날 현비는 출타하지 않았다
만나고 싶었다
사죄하고 싶었다
자신 또한 보고 싶어
죽을 지경이었다고
말해주고
싶었다

역시 점심시간이 되자
박강창이
나타났다 이틀만에
보는데도
얼굴에 살이 빠져
병자처럼 보였다

우선 밥부터 드시고요

현비는 유모한테 일러
고기반찬에
밥을 빨리 하라고
독촉했다
장미도 부엌에 들어가
거드는 사이
박강창은 물끄러미 현비를
바라보았고 현비 또한 부끄러움으로
고개를 겨우 들어
바라볼
뿐이었다

그러다,
현비는 박강창에게 다가가

꼭,
안았다

왜 이제야 만났소

현비는 속으로
울었다

말없이 현비의 품속에서
가쁜 숨을 내쉬던
박강창이
고개를 들었다

사랑하오

저도 사랑합니다

다시,
두 사람은 꼭,
껴안았다
천년만년이 지나가도
떨어지지
않을

것,
처럼

밥상이 들어오자 그제야
둘은 떨어졌고
현비는 직접
반찬을
골라주었다

하지만,
밥도 다 먹기 전에 두 사람은
다시 안았고
누가 먼저랄 것도 없이 옷을
벗었다
벗고 나서 어찌할 줄을 모르는
박강창을 현비는 이불로
덮어주고 몸을
쓰다듬었다

현비의 가녀린 손길에도 박강창의
몸이
파르르 떨었다
아직 동정을 떼지 않은

게 분명했다

갑자기 박강창은 현비위로
올라가더니 오직,
옥문으로 들어가려고만
할
뿐이었다

천천히,
서두르지,
마세요

현비는 눈치채지 않게
조심스럽게
이끌어갔다

이게 사랑이라는 건가
환희였다
자신을
잊었다
억압되고 순종하기만
했던,
항상 분노로 가슴이

답답했던 것이
툭,
터져버리고
한 마리 새가
되어
훨훨 무구의 창공으로
솟아올랐다

뜨겁게 달궈진
몸은
걸리는 게 없는
붉은 하늘로,
높이
솟아올랐다
내려왔다
왼쪽으로
날았다
오른쪽으로
날았다
눈물이 났다

환희,
자꾸만 눈물이 났다

이제야 자신의 몸을
온전히 찾은 것
같았다
그동안 억압의 굴레에서 완전히
벗어나
자유롭게 허공을
유영했다
그동안 뭇사내들에게 맡겼던
몸은
현비가 아닌
현비의
몸이었다
이제야 오롯이
현비의 몸으로
느끼고
있었다

사랑,
사랑이었다

서두르지 마세요
그냥 그대로,
있어요

하지만,
현비의 말이 필요
없었다

채 말이 끝나기도 전에
옥문에 들어갔던 박강창은
파정,
을 했다

계면쩍어하는 표정을
현비는 두 손으로
감쌌다

그런 표정 짓지 마세요
처음이라서 긴장해서
그래요

박강창은 현비의 말에
품속으로
파고들었다

얼마나 시간이

흘렀을까

또다시,
박강창은 현비의 몸 위로
올라갔다

현비 또한
달뜬 몸으로
박강창을 자신의
몸
깊숙이
끌어들였다

박강창이 집에
가고 난 뒤
현비는 마치 꿈이라도
꾼 듯
몽롱하게 누워
있었다
가슴은 아직도
팔딱이고
있었다

다음
날도
찾아왔다

다다음
날도,
찾아왔다

뜨거운
몸은,
식을
줄 몰랐다

그동안
뭇사내들과의
합궁하고는
달랐다

그동안의 사내들은 하나같이
조급했다
여자들에게 자신이 힘이
있다는 걸
보여주기 위해

애쓰는 걸까
마치 힘자랑하듯,
점령이라도 하듯
미친 듯 달려들었다

불안일까
가진 것을 빼앗길까
두려움인가
빼앗기지 않음에 대한
안도감인가
살기 위해 찾아든 나약한
짐승일까
허둥대는 모습이
애처러웠다
저 모습이 진정 사내의 본
모습일까
나약하고 어리석고
암컷을 두고 싸움질하는
사자의 모습
아님 어머니 앞에서 힘자랑하는
어린 애들의
모습일까
허망했다

그러던 어느 날 방물장수가 왔을 때
현비를 보자마자 곱기도 해라
제일 좋은 시절이요 즐기시오
맘껏 즐기시오
늙으마 찾아줄 벌도 없다오
입이 마르도록 칭찬을 했다 이에
현비는 미안한 표정으로
장미를 봤다

내 너에게 미안하구나
담부터 종놈을 하나 데리고 다니라고 해야겠다

장미 얼굴을 붉히며

아니에요 아니에요
지금까지 이렇게 아씨의 얼굴이 환하게
피워난 적이 없었답니다
전 그것만 해도 더 바랄 게 없습니다

현비는
날마다 새로
태어나는

걸
실감했다

이제는 박강창도
일진(一進)과 일퇴(一退)
의 때를 알았고
애욕의 불기둥으로
하루가 짧게 지나갈 때
현비는 옷을 벗은 채
바늘과 먹물을
가져왔다

이 팔뚝에 그대의 이름을,
새겨주시오

현비의 말에 박강창을
입을 다물
줄 몰랐다

어떻게 생살에
먹물을 새긴단 말이오

현비는 완강하게,

말했다

그대의 몸이 내 몸과
하나 되어
영겁의 생애를
살려고 합니다

현비는 박강창의 무릎을 베고
누웠다

박강창은 머뭇거리다
현비의 팔뚝에 먹물을
먹인
바늘을 가져갔다

아,

한 땀,
한 땀,
바늘이 피부 속으로
들어올
때마다
현비는 신음소리를

냈다

황홀,
황홀이었다
몸이 하늘로 붕붕
떠다니는 것,
같았다

한 땀,
한 땀,
이 새겨질 때마다
새로운 몸으로
태어나는 것,
같았다

아프지 않았소?

바늘과 먹물을
치우며
박강창은 애처로운
표정을 지었다

현비는 박강창의 얼굴을

두 손으로 감싸고 그를
눕혔다

박강창의 몸에 올라가 그를
내려다보았다

할 수만 있다면 이 사람 모두를
내 몸속으로 다
집어넣고 싶구나

현비는 상체를 앞으로 숙여
박강창의 가슴 위에
엎드렸다

눈 깜짝할 새
하루가
지나가던 어느날,
이난이
찾아왔다

굳은 표정이 그동안 꽤나
많이 찾아왔다가
되돌아간

모양이었다

현비는 할 말이
없었다
말없이 앉아 있자
이난 역시 말없이
담배만 피웠다

그동안 만나면 시를 짓고
거문고를 켜고
춤을 추었건만 이제는,
처음 만난 것처럼
서먹했다

얼마나 시간이 흘렀을까

이제 그만 돌아오시오
제 모습을 찾으시오

이난의 눈동자가
흔들렸다

이 사람이

결국,
내 신분을
알았구나

현비는 직감으로
느꼈다

난 예전의 나로 돌아갈 수 없소
이제야 내 진정한 모습을
찾았는데요
다시 태강수 이강의
본처 어우동으로,
그건 이미 돌아갈 수가 없소
내 몸은 새롭게
태어났소

이난은 장미가 가져온
주안상 앞으로
다가가 손수 술을 따라
마셨다
현비는 그런 이난을
물끄러미
바라보기만 했다

쩝쩝,

이난은 혀를 차며
다시
술잔을 입으로
가져갔다

두 재상이,
한 계집을 두고 목숨까지
걸었던
일이
있었소

철비란 계집종인데
동지중추 이영은과 예조판서 김경광이
그를 두고 서로
첩으로 삼으려다
이영은이 죽은
사건이외다

이난은 또다시 술잔에
술을 채워

입으로
가져갔다

이영은은 출세길이 너무
빠르고 세조대왕이 총애하는 만큼
주위의 적이 많았지요
결국 자신이 점찍어 놓은
철비를 김경광이 가로채자 분을
못이겨 사헌부에 고소를 했는데
오히려 국문을 받다가 졸도를 했다오
그 길이 황천길이 되고 말았소

김경광도 사헌부의 탄핵을
받았으나 성종의 총애로
자리는 유지했지요

현비는 말없이
앉아 있었고
이난은 술병이 다 비자 다시
오겠다며 집을 나섰다
현비 대신 장미가
배웅했다

현비는 박강창과
하루를 지독한
사랑으로
그의 몸과 하나가
되었을 때
자신의 몸을
생각했다

육체는 내가
주인인가
정신이 주인이
맞는가
육신의 욕망에 정신은
노예가 되는가

내 욕망의
주인은 몸인가 정신인가
나는 어디
있는가
내 정신은 어디
있는가
내 영혼은
없는가

제21장

세상 이치가 시작이
있으면 끝남이
있는가

어느 날 갑자기
박강창이 발걸음을
뚝,
끊었다
기이한
일이었다

둘 사이에 아무런
문제가 없었다
헤어질 때까지 잠시라도
떨어지지 않았다
오줌 누러 가는
시간이
아까울,
지경이었다

근데,
무엇이 문제였을까
사고가 났는가
큰병이라도
났는가

현비는 낮과
밤을 구분 못하고
음식도 먹는 둥 마는 둥
절벽위에 서 있는 듯
지냈다
일찍이 태강수의
처가 되어 독수공방할
때도
이러지는
않았다

근데,
지독한 이 허기는
무엇인가

심연에 출렁이는
회색의 외로움은

무엇인가

매일
죽은 사람처럼
말라가는 꼴을
보지 못한 장미가
이틀에 걸쳐 사연을
알아왔다

박강창은 현재 집에
갇혀 있는데
여자한테 미쳐서 전의감
생도로서
공부는 안 하고 거짓말로 자주
자리를 비워 전의감에서 징계를 내리고
부모에게 연락했다고 했다
부모는 폐가망신이라며 박강창을
한 걸음이라도 밖으로
못 나가게
가두었다고,
장미는 울면서
말했다

그나마 다행이다
현비는 박강창의 마음이
변하지 않았음에
안도,
했다

하지만,
밤마다 작은 바람소리에도
잠을 깼고
고적한 마음에 술을 마셔도
가슴속의
불기둥을
끄지는
못했다

혹,
내가 출세길에 방해가
되어서
그런 건 아닐까
사내들에겐 출세가 생명보다
더 중요하다
했거늘

갑자기 박강창이 한
말이
생각났다

혜민서에서 약을 나르는 자을미라는
종이 있었는데 어미를 간통한 혐의로
고발했다고 했다

자을미는 비록 종이지만 머리가 좋고
행동이 재발라 심약관리를 수행해서
안동지역까지 약재를 구하러
다녀오기도 했다

자을미의 꿈은 의관의 구종이
되는 것인데
다른 관직의 구종은
몸종과 마찬가지지만
의관의 구종은 수행비서와
마찬가지였다
의관이 바쁠 때는 구종이
약재를 처방하거나
응급처치를 할 수도 있었기에
위상이 있었다

혜민서 종으로서 꿈꿀 수 있는
최고의 자리였다

자을미가 안동에 다녀오는 동안 혜민서에서
사건이 벌어졌는데 그의 어미 강덕과
내관 안말손이
간통을 벌였던 것이었다
자을미의 평판이 좋다보니 그의 어미도
허드레 일꾼으로
혜민서에 들어왔는데 채 1년도
되지 않아 내관과 잠자리를
같이 했다고 했다
내관은 비록 양물이 없지만
변칙적으로 성욕을 푸는
방법이 있었다

괴상망측한 현장을 목격한 자을미는
내관 안말손에게 달려가
머리를 낚아채어
머리털을 뭉텅 잘랐다 그리고
한 번 더 그러면 목을
베겠다고 했다
그리고 밖으로 나와 대성통곡하며

동네사람들에게 모두
알렸다

너무 화가 난 것은
돌아가신 아버지를
배신한 행위에다
자신의 앞길을 막는
중대한 일이었기
때문이었다

결국 이 사건이 성종에게
보고되었는데
강덕과 안말손의 간통보다 자식인
자을미의 행동에
초점이 맞춰졌다
경국대전에는 아들과 손자, 아내, 첩, 노비로서
부모나 가장을 고발하는
것은 반역과 역모를 꾸밀 때를
내놓고는 교형에 처한다고
되어 있었다

자을미의 행동은 어미의 허물을
감추지는 못할망정

동네 사람들에게 소문을
고발함으로써 강상의 범죄를
저질렀다는
것이었다

성종은 정상을 참작해서
교형에는 처하지 않고
장 100대만 치는 것으로
처리했다
자을미는 다리
불구가 되었다

자신의 앞길을 막는 어미에
대한 증오였기에
사람들의 입에
오르내렸다고
했다

설마,
박강창도 그런
출세 때문에
나를 멀리하는 것은
아니겠지

현비는 속으로
시퍼런 마음을
달랬다

제22장

한 달여가
지났을 무렵
현비는 오랜만에
나들이를 했다
옥색치마를 입고 화장도
해서 기분 전환을
하려고 했다
덩달아 장미도 화장을 하고
뒤를 따랐다

산에서 꽃구경을 하고 집에
오는데 비단 옷을 입은 양반이
길을 막고
장미를 불렀다

지방에서 뽑아 올린 새 기생이 아니냐?

장미는 속으로 잘 됐다 싶어
그렇다고 했다 옆에 코 큰 종놈이
있어 더
좋았다

결국 양반을 사랑채로
모셨고
장미는 주안상을
준비했다

술을 마시다 현비가
거문고를 켜자
양반 또한 기다렸다가 거문고를
켰고 이어
현비도 또
거문고를 켰다

허허, 기생치고는 제법이구나

양반은 흡족해
했고
현비는 누구시냐고
물었다

이 생원(生員)이니라

장안(長安)에 이 생원이 한두 명도 아닌데 어떻게 존함을 알겠습니까?

현비가 다시 물으니

어허, 춘양군의 사위 이 생원을 모른단 말인가?

이 생원의 말에 현비는
깜짝,
놀랐다

춘양군이라면
시아버지 영천군의 형인
보성군의 손녀사위였다

남편 형의
손녀사위라니
이 기막힌,
일이

현비는 현기증을 느꼈는데
어느새 이 생원은
현비에게 달려들었다

현비는 신분을 밝힐 수는 없어
벗어나려고 발버둥쳤다 하지만
이 생원은 계속
현비를 안았고
마침내 현비는
알몸이 되었다

같이 알몸이 된 이 생원이 몸을
더듬을 때 현비는 수치심으로
어쩔 줄을 모르는데
현비 아닌 현비가 이 생원의
몸을 꼭
안았다
이 생원은 한량답게
능란하게 현비의 몸을
탐했고 현비 아닌 현비 또한
이 생원의 몸을
탐했다

마침내
파정을 하고
나자빠진 이 생원은

최고의 꽃이로구나 내
자주 들르마

이 생원은 가면서
커다란 돈 뭉치를
던져주고 갔다

그 다음부터 이 생원이
찾아올 때마다
현비는 미리
자리를 비웠다

제23장

중전 윤씨는 불안했다
성종은 후궁 정씨와 엄씨만을
총애했고
후궁에게 가지 않는
날이면 미복잠행한답시고

궁궐밖으로 나가
기생들과 놀다가
들어오니
늘
독수공방이었다

하지만 문제는 그것만이,
아니었다
정씨와 엄씨는 윗전의 사랑과 성종의
총애를 바탕으로
윤씨의 없는 허물을 윗전에
고하니 정희왕후와 인수대비는
윤씨를 볼 때마다
노여움을 참지 못했다

중전의 자리를 빼앗기는
것은 물론
원자까지 죽게 되는
것이 아닌가
늘,
불안했다

어느 날

윤씨의 방에서
비상이 발견되어
윤씨는 성종과 윗전에 더욱
미움을 받게 되었다

성종은
모든 것을 알았지만 모른 척,
했다

여자들에 대해서는 냉혹,
한 왕이었다
마침
부녀재혼금지 문제가
불거졌다

문제의 발단은 이랬다
과부 조씨가 양반 김주에게
재가하자 과부 조씨의
재산을 탐낸 동생이 김주를
강간으로
무고한 사건이 일어났다

의금부에서 아뢰기를

이심(李諶)의 처 조씨가 족친(族親)들에게 혼인을 알리지 않고, 스스로 중매하여 김주(金澍)에게 시집간 죄와 김주가 조씨에 혼취(婚娶)하되, 예(禮)를 갖추지 않고 장가든 죄는 대명률(大明律)을 상고하니, '화간(和奸)한 자는 장(杖) 80대를 처한다.' 하였으니, 남녀를 한가지로 죄주어 이혼(離異)하게 하기 하소서

성종은 명했다

그렇게 하라

그러면서 성종은
정승을 지낸 이들과 종2품 이상
충훈부 1품 이상의 고관들에게
부녀 재혼 금지에 대해
의논하라 일렀다

이 전에는 양가 부녀로서
세 번 결혼하는 삼가(三嫁)에 한해
그것을 음란한 행동으로 보아
그런 여인들의 기록을
자녀안(恣女案)이라는
공적대장에 올려

당사자의 명예를 제한하고
그 자녀의 과거응시 및 관직 진출에
일정한 한계를 설정함으로써
가부장적 질서를
유지해 왔다

그러나 이제 세 번이 아닌
재혼도 안된다는
성종의 입장이었다

대부분의 신하들은 반대하였다

양가(良家)의 여자가 나이 젊어 남편을 잃고 죽기를 맹세하여 수
절하면 착하겠지만, 그것이 불가능하거나 기아와 추위에 고생을 하여
어쩔 수 없이 뜻을 꺾는 여자가 간혹 있을 것이니, 만약 법을 세워 금
절(禁絶)하게 하였다가 그것을 어긴 여자의 죄를 다스려 그 피해가
자손에 이르게 되면 오히려 풍습을 잘 교화하려 했던 의도에서 벗어
나 잃는 것이 적지 아니할 것이니, 이전에 삼가(三嫁)한 여자들 이외
에는 그 잘못을 논하지 말아야 합니다

찬성하는 쪽은

이미 자녀를 두었고 집안이 심하게 가난하지 않은데도 스스로 재가

하기도 한 과부들도 있었으니, 이것은 정욕을 이기지 못한 경우이므로 이후 삼가(三嫁)를 고쳐 재가를 금지하는 것으로 논함이 옳습니다

라고,
주장했다

많은 신하들이 재가허용
입장을 굽히지 않자
결국,
표결을 하게 되었는데
50명 중 48명은 재가 허용에
찬성
단, 2명만이
반대했다

하지만,
성종은 독단으로
재가를 금지했다

전해져 오기를, 정절은 부녀의 덕이니 한 번 함께 했으면 죽을 때까지 고치지 않는다고 하였다. 만약 이를 엄격하게 세우지 않으면 음란한 행실을 그치게 하기 어렵게 된다. 그러니 이제부터는 재가(再嫁)한

여자의 자손은 사판(士版 : 벼슬아치의 명부)에 나란히 하지 않음으
로써 풍속을 바르게 하라

이리하여,
재가한 여인의 자녀들이
출세길이 막히자
열녀문을 통해
남편을 잃은 여인들의 수절을
강요했고

그러니,

사대부가에서는
어머니나 딸이 외간 남자와
정을 통하면
죽이거나 심지어
자살하게 하는 사적
형벌이 가해졌다

제6부 사랑은 외로움이더라

제24장

홍찬은 시골에서 올라온
과거시험 장원급제를 한
사람인데 유가행렬을 하다
현비에게 한 눈에
반했다

유가행렬은 보통 3일에 걸쳐 하는데
마지막 날이었고
홍찬은 한껏 기분이
고조되었다

이틀 전 정전(正殿)에서
합격증서인 홍패(紅牌)와 햇빛가리개인
개(蓋)와 함께 어사화를 하사받는
방방례(放榜禮)를 거행했고
급제한 사람들의 영예를
축복해 임금이 내리는 연회인
은영연(恩榮宴)를 마쳤다

과거 합격자들이 방방례와 은영연을

두고두고 잊지

못하는 것은 임금이

직접 주관할 뿐 아니라

그 의식 또한

엄숙했기

때문이었다

방방례 행사 장소가

정전이었다는 것은

과거에 합격하지 못했다면

평생 볼 수 없는

어전(御殿)을

경험할 수 있었고

또한

왕을 비롯해 대소 신료

모두가 참석했으며

합격자들을 한 명씩

호명하여 각각의 자리에

서게 했다

종실과 문무 군관들이 모두

합격을 축하해 주었을 뿐만
아니라
행사 주요 단계마다 악공들이
음악을 연주했고
합격자의 가족까지
참석하게 했으니
가문의 영광이
아닐 수 없었다

방방례와 은영연이 끝나고
급제자들이
대궐문을 열고 나서면
악공과 광대들이
대기하고 있다가 백마에 태워서
풍악을 잡히며
시내행진을 벌였다 특히
장원에게는 일산(日傘) 개(蓋)까지
받쳐주니 그 영광은
이루 말할 수 없었다

광대들이 걸어가면서 춤을 추고
곱게 차려입은 무동들은
광대들 머리위에서

춤을 추고 가니
길가에는 구경꾼들이
만원을 이뤄
모두들 부러워했다

또한,
양반의 행차와 마찬가지로
길을 정리하는
가도(呵導)가 있어
호기있게 외치는데

에이, 물렀거라 물러나거라

하는 소리는 백마에 탄
급제자들에게 긍지와
권위의식을 심어주는
최초의 경험이었다

홍찬은 3일째 되던 날, 한껏
기분이 고조되어
가도와 악공과 무동들을
앞세우고
이난의 집 앞을

지나고 있었다

지방에서 올라온 시골선비라
한양 풍경이 낯설기도 했고
지나가는 기생들의 눈웃음에
정신이
혼미해지기도 했다

한양에 올라오기 전
같이 공부한 학동들에게
이미 한양 기생에
많이 들었다

과거시험을 친 경험이
있는 선배에게는
시험보다도 한양기생과의
하룻밤 얘기가
더 솔깃했고
자신도 한양에 가면 꼭
기생과 하룻밤 지새우리라 다짐,
결의를 세웠다

현비는 멀리서 다가오는

홍찬을 바라보다 미소를 지었다
기분전환이 필요했다

이난은 조심하라고 했다
이미 현비에 대해 소문은 다 났고 아직
신분만 안 밝혀졌는데
그것도 시간문제라고 했다
들키는 날이면
능지처참당한다고
했다

이미
각오했지만
마음이
불편했다

백마를 탄 홍찬을 보니
미소년에 호감이 갔다
침이 꿀꺽,
넘어갔다

홍찬이 가까이 오자
사향이 묻은 소매로 그의

얼굴을
슬쩍 스쳤다

멀리서부터 현비를 눈여겨
보고 오던 홍찬은 그만
오줌을
조금 지렸고 현비의
미소에
낙마할,
뻔했다

현비가 길을 떠나자 홍찬은
백마에서 황급히 내려
일행에게 잠깐 볼일보고
가겠노라고 말하곤
미처 답을 듣지도
않고 현비를
따라갔다

유가행렬 때는 채점관과 선배 친족을
방문하고 마지막엔
조상의 묘에
수분(授墳)하고 문묘도 다녀오는데

홍찬은 마지막 날이라
다른 절차는 다
밟았는데 오직
조상 묘를 찾지 않았다
아니,
찾을 생각조차
들지 않았다
눈앞에 보이는
현비 외에는
아무것도 보이지
않았다

하늘에서 내려온 선녀인가
홍찬은 술상을 앞에 놓고
현비를
넋이 나간 채
바라보았다
한양의 기생들은 하나같이
예쁘다더니
정말이구나
홍찬은 어떻게 오늘밤을 함께
보낼 수 있을까 오직,
그 생각

뿐이었다

한잔 하시지요

현비의 말에 홍찬은
잔을 들었고,
술잔이 몇 번 오가기가
무섭게
현비에게 달려들었다

천천히,

현비의 말은 귀에
들어오지 않고
어느새 두 사람은
알몸이 되었다
홍찬은 현비를 올라타고
옥문부터
찾았다

천천히,

하지만

현비의 말은 허공에
떠다녔다

현비 또한 마음과 달리
몸이 벌써 달아올라
홍찬의 몸을
꼭 껴안았다
홍찬은 급하게 양물을
옥문에 집어 넣었고
담배 한 모금 빨 시간도
되지 않아 그만
파정하고 말았다

이런,
난처한 표정으로
배 위에 있던
홍찬의 얼굴은
붉었다

처음이라 그래요

현비는 홍찬을 옆으로 뉘여
팔베개를 해 주었다

홍찬은 어이가 없었다
친구들과 혹은 선배들과
부모의 눈을 피해
기방을 몇 번
다녔으니 나름 여자를
다룬다 생각했는데
단칼에 나가떨어지니
한양 기생은
달라도 확실히 다르다고
생각했다

시간이 좀 지나자 다시
홍찬이 불기둥을 앞세우고
쳐들어왔다
왔으니
현비 또한
맞이 안 할 수가 없었다

이번엔 현비가 천천히
마당을 거쳐 주위 구경도
시키고 연못의 금붕어도
보여주고 안방으로

모셔오고서도 노래까지
불러주었으니
홍찬은 몇 번이나 열락의
세계에 머물다가
파정을 했다

내일 또 오리다

홍찬은 선배한테
들은대로 묵직한 돈뭉치를
내놓으며 내일 꼭 만나게
해달라고 졸랐다

현비는 웃으며 대문까지
마중하고 나니
장미가 시무룩한
표정으로
고개를 돌렸다

또
실수했구나
담엔 꼭 종놈이 있는 사내를
불러야겠다

홍찬이 떠난 방이
쓸쓸했다

술상에 남은 술을 마저 비우고
옆에 누우니 가슴이
허했다
가뭄에 말라버린 우물이 이럴까
채워도 채워도
채워지지 않는
고적한 우물이
가슴에 있었다

순간,
성종의 어미인
인수대비의 얼굴이
떠올랐다

결혼하고 얼마 안 되어
인수대비가 왕실종친들의 부인들을 위한
연회를 베풀었다

현비도 처음으로 궁궐에 들어갔는데

인수대비의 조각같이
굳은 모습에
칼날 같은 성품이
느껴졌지만
어렴풋이 외로움이
묻어났다

독수공방하는 같은
처지라 그런지
현비는 단박에 알 수 있었고
안쓰러움이
느껴졌다

어쩌면 자식들에게 엄격한 것은
조그만 잘못에도
용서를 하지 않는 것은
은밀한 욕망을
지키기 위한
자신을 겨눈
칼이었는지 몰랐다

그 칼이 지금은
왕후 윤씨에게

겨누고 있다는
생각이 들었다

제25장

이난의 말에 의하면
현비의 신분이 탄로나는
날에는
참형을 당할 것,
이라
했다

자녀안을 만들어
과녀들의 재가를
금지한 임금
하지만,
남자들에겐 한량없이
관대했던
왕

문득,
한량 이승언이 말한
주지 설준이

생각났다

설준은
세조가 아들 덕종, 그러니까
성종의 아버지가 요절하자
세운 절인 정인사의 주지였는데
정업원의 주지였던 한 비구니와
정을 통했다고 했다

근데 그 비구니가 죽은 날
슬퍼하지는 않고
명복을 빈다는 핑계로
큰 법회를 열었는데

한화의 삼계에 임의로 오고가니 천상천하에 누가 당하리오

설준이 이끄는
다비식은 엄숙했고
숙연했다고

하지만 진짜 행사는 그 날
밤에 있었는데
부처가 내려다보는 법당에서

비구니와 부녀자들을 불러놓고
수행의 정도를 점검하겠다며
몸을 만지고
더듬었다

결국 비구니들이 견디지 못했고
사회문제가 됐다
사간원에서 설준의 난잡한
행위가 도를 넘으니
징계하도록 성종에게 청했다 하지만
성종은
묵살했다

사헌부 대사헌 서거정이 나섰다

고려의 말년부터 기강이 무너져 사족(士族)의 부녀자들이 절에 가는 것을 금지하지 않았기 때문에 승려와 남녀가 뒤섞어 무슨 일이 일어나는지 알 수 없고, 여승들은 과부이기 때문에 금지할 수 없으니 더 난잡하고 사찰을 만들어 자기 집처럼 하니 음란하고 방종하다는 소문이 있습니다. 대전(大典)에서도 금하는 것이 있으나 관리가 제대로 하지 않고, 절에 가는 풍습이 있기에 쉽지 않습니다

또한

윤씨라는 벌족의 아내였던 여승이 양반의 과부를 유인하여 절을 왕래하면서 이틀 밤을 잤으니 무슨 일이 있었겠는가 알 수 없으며, 혜사당(惠社堂), 정각(正覺) 등의 중이 절에 유숙하는데 그를 따르는 여승과 시비(侍婢)의 수가 얼마인지를 알지 못할 정도입니다. 또한 주지인 설준(雪俊)은 여승과 과부들을 깊이 유혹하여 수일 동안 맞이하여 머무르게 하면서, 승도(僧徒)늘로 하여금 문(門)을 지키게 하고 사람들의 출입을 못하게 하였으니 얼마나 방종했겠습니까

설준을 처벌하기를
강력히 청했다

하지만,
성종은 또한 처벌하지 않고
오히려 감싸주었다

이번엔 시독관(侍讀官) 최한정이
아뢰었다

지금 만약 부녀자들에게 죄를 주고 비구니들을 논하지 않는다면, 부녀자 가운데 음행을 하려는 자들이 모두 머리를 깎고 비구니가 될 것입니다

김질과 윤자운 임원준 등이 죄 주기를 청하였으나
끝내 성종은 벌주지 않았다

제26장

호조 서리 감의향은
입지전적
인물이었다

윗대 승정원 서리였던 아버지가
주색잡기로 집안을 거덜냈다면
감의향은 집안을 우뚝
세웠을 뿐만 아니라
집이 다섯 채가 넘을 정도로
가세를
확장했다

감의향은 아버지를 교훈삼아
술과 잡기는
멀리했으나
색은 피로
이어받았으니
속일 수가

없었다

감의향이 현비를 만난 것은
길에서 우연이었는데 그 길로
현비의 집까지
쫓아왔다

다른 곳에는 자린고비지만
기생집에선 제법 큰돈을
쓰는지라 기생집에선 서로
차지하려고 야단이었고
인기가 하늘을 찔렀지만
감의향은 이젠
기생이라면
신물이 났다

그래서 남의 첩이
예쁘다 싶으면
돈으로 구워삶아 자기
것으로 만들었는데
감의향은 현비를 보고
기생인지 첩인지
구분이 되지 않아

장미를 불러세워 물었다
장미 또한
눈치가 있어 수산수 이기한테
한 것처럼
내금위 첩이라고
둘러댔으니
감의향은 내금위 나장이라면
같은 중인이라
돈으로 살 수도
있겠다 싶었다

덧붙이자면,
서리는 세종 때 보수가 없어져
폐단이 많았다

먼 후에 선조 시절 조헌이 상소를 올렸는데

보수가 없어…… 관을 속이고 술수를 부리며, 백성을 위협하여 재
물을 강요하고, 서류를 조작하여 재물을 도적질하며, 창고에 들어가
곡식을 훔쳐내는 등……

좀 더 구체적으로 서리의
치부를

들여다보면,

내수사의 경우 세금을 상납할 때
한 고을의 상납액이 100냥이라면
20~30냥을 떼어 관원들끼리 나누어먹는데
이것을 향우라고 했고

한성부 형조 사헌부에 소속된 서리들은
금난전권을 빙자해 난전을 눈감아 주거나
발각될 경우 뇌물을 받는 등의 방법으로
수입을 올렸다.

병조의 경우 군적을 조종하여 뇌물을 받고
산 자를 죽은 자로 꾸며
군적에서 누락시킨다든지
뇌물을 받고 군사를 대신하게 한다든지
군포를 받을 때 뇌물을 받는다든지
심하면 군포와 돈을 그냥
횡령했다

광흥창과 같은 관리의 녹봉을 지급하는 곳에서는
가짜 명부를 만들어 급료를 횡령하였고
태상사의 경우 국가에서 제사를 지낼 때

사용될 제수를 횡령하였으며
사복사의 경우 목장의 관리과정에서
목장 면적을 조작하여
세금을 착복하였다

선리라고 불리는 승정원 서리조차도
지물공인에게 내입이라는 명목으로
종이를 착복했다

이같이 서리가 광범위하게 부정을
저지를 수 있었던 것은
양반과 이익을 나누며
공생하고 있었기
때문이었다

감의향도 그렇게 해서
윗대에서 기운 가세를 일으켜
세운 인물이라

현비의 집에 오자마자
주위부터 살폈다

뭘 그렇게 보십니까?

현비는 차를 따르며 물었고
감의향은
눈치가 빨랐다

내금위 첩이라더니

감의향은 헛기침을 했고

첩이면 어떻고 과녀면 어떻습니까?

현비는 빙그레 웃었다

그렇소?

감의향은 이게 웬 떡이냐 싶어
너털웃음 지었다

사대부가의 부인 같으면서도
이렇게 고운 여인이 혼자 산다는 게
뭔가 이상하다는 생각을 잠시 했다가
곧 잊었다

오늘 날씨도 좋고 거문고를
한번 켜겠나이다

현비 또한 감의향이 마음에
들어 거문고를
무릎 위에 놓았다

오른손으로 술대를 끼고
왼손으로
괘를 짚었다

감의향은 눈을 감고
깊고 그윽한 거문고 소리에
몸을 얹었다
몸이 허공으로 하늘하늘
날아다녔다

한양의 서리는 지방의 아전들과
구분하여 경아전이라 했는데
직업적 특수성과 행정실무의
필요성에 의해
교양과 전문적 지식으로
예술과 문학 분야에

조예가 깊었는데 감의향은
양반들을 흉내내는
한시보다는
사설시조를 더 좋아했다

현비가 거문고 연주를
끝내고 자리로 오자
감의향은 사설시조
한 편을 읊었다

산천에 땅가시는 처녀 뒤궁칠 지르는데
총각이 처녀 하나 못 찌르냐

현비는 농염하게 웃으며

서방님 오시까봐 빨개벗고 자다가
문풍지 바람에 설사가 났네
산천에 머루는 홍고래망고래 하는데
언제나 나는 님을 만나 홍고래망고래 할거나

감의향은 흡족해 거문고를
무릎에 올려놓고 켰다

풍류를 좋아하는 한량이라
거문고 솜씨 또한 일품이었다
장엄하면서도 깊게 우러나는
맛이 있었다

내 오늘만큼 기분 좋은 일이
없으이

감의향은 마음에 맞는 문우를 만난 듯
기뻐했다

두 사람은 밤늦게까지 거문고를
돌아가며 켰는데 흥이 나자
현비가 거문고를 켤 땐 감의향이
춤을 추었고
감의향이 거문고를 켤 때
현비가 춤을 추었다

감의향은 그날 밤
현비의 집에서 자고
다음 날 호조로 곧장
출근했다

며칠 동안 아예 현비 집에서
출퇴근하던 감의향은 어느 날
거문고와 춤으로 땀이
번질거리는 등을
현비에게
내밀었다

내 등에다 그대의 이름을 새겨주오
영원히 당신과 함께 하고 싶소

현비 또한 땀으로 번질거리는
몸으로
바늘과 먹을
가져왔다

아,

감의향은 한 땀 한 땀 이름이
새겨질 때마다
정제되지 않은
욕망의
신음소리,
를

냈다

마침내,

玄非

두 글자가 등에
새겨졌고

현비는 마치
힘든 노동을 한 듯
바닥에
널브러졌다

감의향 역시
열락의 환희에 빠져
그대로 목불처럼 꼼짝하지 않고
있다가
엎드렸다

잠시 후,
누가 먼저랄 것도 없이
서로 합쳐 하나가

되었다

때론,
육체가 정신을
배반하기도 하지만
육체와 정신이
하나 되면
무구니

현비는
정신도
육체도 모두
놓았다

어쩌면
생과 사의
경계를 넘었다는
느낌이었다

죽음도
생도 없는,
세상

감의향이 파정을 하자
새 세상에서
돌아왔다
둘은
한동안 두 몸이
한 몸인 채로
있었다

여운을 즐기며
나란히 누워있을 때

기생들이 어떻게 남자를 평가하고
분류하는지 아시오?

감의향이 얘기를 꺼냈고
현비는 감의향의 품속에서
고개만 저었다

다섯 가지 유형으로 나누는데 말이요
애부(愛夫)라고 불쌍하여 동정심이
드는 남자를 가리키오 다음은
정부(情婦), 돈 많고 풍채 좋아
인기 있는 남자

미망(未忘)은 서로 그리워 하면서도
잘 만나지 못하는 남자
화간(和姦), 여성을 지성으로
섬기는 남자를
말하는데 마지막은 치아(癡兒)라고,
기생에게 미혹된
바보 같은 남자를 말하지요

난 그대에게 어떤 남자요?

감의향은 현비의 얼굴을 보며
물었다

현비는 깔깔깔,
웃으며
치아가 아닐런지요, 하니
감의향 또한
호탕하게 웃었다

감의향이 돌아가고 난 뒤에도
현비는 그대로
누워 있었다
이제,

몸은 정신을 완전히

벗어난 느낌

그동안 내 정신에 얼마나

구속되었던가

몸은 자유를 원했지만 내 정신은

엄격했고 그럴수록 둘은 갈등이

심했다 갈등이 심할수록

메마른 불면의

밤이었고

절망의 연속이었다

그러나 이제,

몸은 내 정신의 소유가 아니다

자유롭다

내 정신을 벗어난 몸은 마음껏

욕망을 즐겼다

내 정신은 물끄러미

바라볼 뿐이었다 아니,

몸의 쾌락에 정신의 해방도 함께

얻었다 몸의 해방이 곧

정신의 해방이었다

제27장

어느 날 단풍놀이 갔다가
집에 오니 손님이
와 있었다

현비는 안채로 들어가고
장미가 누구신가 물으니
방산수 이난 어른이 보내서
왔다고 했다
행색을 보아 하인은 아니고
평민인 듯한데 눈웃음치는 게
게름칙했다

장미는 현비에게 고하니
현비는 불안한 기색으로
사랑채로 모시라 했다

현비가 사랑채로 가니
앉아 있던 사내가 흘끗
돌아보았다

뉘신지?

현비는 조심스럽게

자리에 앉았다

장미가 차를 가져오자
사내는 어려워하는
기색도 없이
차를 소리내어
후루룩 마셨다

조심해야 하오
벌써 소문이 다 퍼졌단 말이오
당신 목숨 구제하기 힘들 거요

이난의 목소리가 귀에서
윙윙거렸다

거짓말해서
미안하오
이근지라 하오

이근지는 두툼한 손을
내밀었다

그럼 방산수 나으리께서

보내신 게 아니라는 말씀이군요

현비의 싸늘한 말투에
이근지는 씨익,
웃었다

그대가 얼마나 예쁜지 보고
싶어 왔소 길갓집에서 어여쁜
여인이 이 남자 저 남자와
통한다는데
나라고 안 될 게
뭐가 있겠소

이근지의 말에
현비는 입술을 세게
깨물었다

그럼 주막에서 길갓집 소문 듣고
며칠 동안 염탐하다
방산수 어른 존함을
팔았단 말이요?

그래도 그 양반이 그대와

제일 자주 어울리는
것 같아서 그랬소

이근지의 뻔뻔스러움에 현비는
기가 찼다

그만 돌아가시지요
아녀자들만 있는
집이요

현비가 장미를 부르려는데
이근지가 재빨리 뒤로 가
입을 막았다

왜 이러셔. 다른 사내들에겐
넙죽넙죽 잘 주면서
나도 그 구멍 어떻게 생겼는지
구경 좀 합시다

어느새 현비의 치마가 올라가고
단속곳 속바지 속속곳이
벗겨졌다
하얀 엉덩이 사이로

다리속곳이 보였다

현비는 몸을 돌렸지만 이근지의
완강한 힘에
몸을 꼼짝달싹할
수가 없었다

어느새 다리속곳도 벗겨지고
이근지가 뒤에서
바지를 벗었다

아,

현비는 결국
올 것이 왔다는 생각에 눈을
찔끔 감았다

치욕,
마비된 혀가
움직이지
않았다

어질머리로 정신을

잃을 무렵
사내는 입을 막았던 손을
떼고
뒤에서 물러났다

여러 사내들이 탐내더니 역시
맛있구만

이근지는 미소를 짓더니
다시 오겠다며 문을
열고 나갔고
현비는 그 자리에
쓰러졌다

뭔지 모를 불안,
이 와락 쏟아졌다

며칠 전 일,
이 떠올랐다

밤에 일이 있어 집을 막
나서는데 한 사내가 길을
막았다

옷차림으로 보아 남루한 게
하층민
같았다

비켜라

위엄을 지켜 말했지만 사내는
히죽거렸다

마님께서는 어찌하여 이 야밤을
틈타 나가시오?

순간,
소름이 온 몸에 확
돋았다

이 놈이 내 모든 것을
아는 게 틀림없구나
이난 말처럼 이미
도성 전체에 소문이
퍼졌단 말인가

현비는 볼일 보는 것을

포기하고 내실로 들었는데
장미가 없는 틈을 타 사내는
불쑥 문을 열고 들어왔다
저항할 틈도 없이 옷이
발가벗겨졌고
거칠게 몸을
파고 들었다

눈을 감고
있으니
며칠 전 그 순간이 마치
금방 겪은 것처럼
몸이 와들와들
떨렸다 갑자기
오한이
닥쳤다

이렇게 사내들 쾌락의
종이 되느니
죽는 게 낫다
내 몸이
사내들의
노예가

아니더냐

그날 밤 현비는 꿈을
꾸었다

자신은 한 치의 부끄럼 없이
올바르게 행동했는데
마을 사람들이
음녀라며 돌을 던지는
꿈이었다
돌을 피하며 달아나는데 발이
떨어지지
않았다
깨고 나니 온 몸이
땀으로 흠뻑 젖었고
열이 펄펄
끓어올랐다

현비는 며칠 동안 아무도
집안으로
들이지 않았다

제28장

성종은 여전히 미복잠행하여

궁궐 밖으로 나가

기생과 어울리다

돌아오는 날이

많았고

궁궐에 있는 날에도

후궁 정씨와 엄씨만

찾았다

왕후 윤씨는 후궁들의 질투와 시기심

인수대비의 노여움으로

생명의 위협을

느꼈다

이에 오직 원자만을

끼고 살았고

성종이 밤에 자신을

찾아오기를 간절히

바랐다

어느 날 내관이 와서

오늘 밤

왕후 처소에 온다는

전갈을 받았다

윤씨는 목욕을 하고
처소를 깨끗하게
청소했다
하지만 성종은 오다가
발길을 돌려
후궁의 방에 갔고 윤씨는
참지 못하고
후궁의 방으로 뛰어 갔다
성종과 말다툼이
벌어졌는데
흥분한 윤씨를 막는 성종의
팔을 뿌리치면서
손이 성종의 얼굴을 스쳤다 순간
성종의 얼굴에 빨간 생채기가 났고
윤씨는 화가 풀리지
않은 채 처소로
돌아왔다

하지만,
성종도 윤씨도 대수롭지 않게
여겼던 얼굴에 난 상처가

인수대비의 화를 돋았다

성종대에는 지방의 사림파들을
대거 등용하였는데
세조 때부터 있던 훈척공신들이
위기감을 느꼈다
이에 훈구파들은 권력유지를 위해
딸들을 왕실에 대거 시집을 보냈는데
성종의 어머니인 인수대비부터
성종의 후궁들 대부분
훈구파의 딸이었다
오직 윤씨만이 아무런 배경이
없었다 친척인 신숙주는
죽고 없었다
오로지 미모와 재주로
중전까지 오른 윤씨에게 그녀의
지위를 지탱해줄 아무런 권력기반이
없었다

윤씨가 왕후가 된 후에도
훈구파들은 자기 가문의 딸이
왕후가 되길
원했다

인수대비는 훈구파들의 권력유지를
도와줄 수 있는
왕비의 책봉을 바랐던
것인데 윤씨가 원자를 가진 탓에
뜻대로 되지 않아
항시 윤씨와는 사이가
좋지 않았다

마침내,
인수대비가 노발대발했고
언문 교지를 내렸다

지금 주상의 사랑을 받고 있는데도 행동이 저 모양인데, 혹시 뜻대
로 되지 않는다면 이보다 더한 행동도 할 수 있다

인수대비는 윤씨를 폐위할 것을
성종에게 요구했고,
성종은 폐위를 결정하고 종묘에
고했다

왕비 윤씨는 후궁으로부터 중전의 자리에 올랐으나 내조하는 공은
없고, 도리어 투기하는 마음만 가져 지난 정유년에는 몰래 독약을 품
고 궁인(宮人)을 해치고자 하다 음모가 분명히 드러났으므로 내가

이를 폐하고자 했다. 그러나 조정 대신들이 함께 청해 개과천선하기를 바랐으며, 나도 폐출하는 것은 큰일이고 허물은 또한 고칠 수 있으리라고 여겨, 감히 결단하지 못하고 오늘에 이르렀다. 그럼에도 뉘우쳐 고칠 마음은 갖지 아니하고, 덕을 잃음이 더욱 심해 일일이 열거하기가 어렵다. 그러니 결단코 위로는 종묘를 이어 받들고 아래로는 국가에 모범이 될 수가 없으므로, 성화 15년 6월 2일 윤씨를 폐해 서인(庶人)으로 삼는다

왕후 윤씨는 그 날로
폐위되어
사가로
쫓겨났다

제7부 사랑이 꺾이다
– 다시 어우동이 되다

제29장

어우동의 행동이 한성부내에
소문으로 돌더니
진상을 요구하는 공론이
형성되었다

성종은 마침내 사헌부에서 전지했다

방산수 난이, 태강수 동이 버린 아내 박씨(어우동)를 간통하였으니,
국문하고 아뢰라

어우동은 사헌부에서 자신을
잡아들인다는
소문을 듣고 몸을
피했다

이틀 뒤
좌승지 김계창이 성종에게
고했더니

성종이 말했다

들으니 태강수 동의 아내 박씨(어우동)가 죄가 중한 것을 스스로 알
고 도망하였다 하니, 끝까지 추포하라

김계창이 다시 아뢰었다

박씨가 처음에 은장이와 간통하여 남편의 버림을 받았고, 또 방산
수와 간통하여 추한 소문이 일국에 들리었으며, 또 그 어미는 노복과
간통하여 남편에게 버림을 받았습니다. 한 집안의 음풍이 이와 같으
니 마땅히 끝까지 추포하여 법에 따라 처치해야 합니다

성종이 말했다

끝까지 추포하여 잡아들여라

며칠 지나지 않아
어우동은 붙잡혀
사헌부에
갇혔다

어우동은 혐의를
부인하였고

왕실종친의 며느리로서
국문을
하기가 어려웠다

그러자
김종직과 그가 이끄는
사림파 출신 사간원, 사헌부의 언관들과
훈구파들이 국문하기를
매일,
청했다

방산수 이난이
곧이어
사헌부에 붙잡혀 왔다

이난은 곧장 혐의를
인정했고
어우동에게 말했다

세종대왕 때 유감동이란 사대부가의
여인이 있었는데 많은 남자들과
정을 통했으나 참형은 면하고 멀리
귀양간 적이 있소이다

지금까지 정을 통한 모든 남자들을
고하는 것이 죽음을 면하는 길입니다

어우동은 모든 것을
털어놓았다

또한,
이난도 자신이 알고 있는 모든
사실을 고했다

세종시대 유감동에 대해 잠깐
얘기하자면,

아버지는 검한성(檢漢城)을 지낸 유귀수(兪龜壽)였고
남편은 평강현감 최중기(崔仲基)였다

남편이 무안 군수로 부임하여
따라갔다가
김여달이란 사내한테 강간을
당했다

몸을 버렸으니 자살하는
게 옳지만 유감동은 병을 핑계삼아

한성으로 올라와 홀로
머물렀다

한성까지 따라온
김여달에게 또다시
강간을
당했고

어쩔 수 없이 계속
김여달을 만나게
되었다

그러다
스스로를 기생, 창기라 부르며
여러 남자와
통하였다

음탕한 여자로 낙인찍혀 사헌부에
고발당한 유감동과 정을 통한 상대는
밝혀진 사내의 수만 40명이었고
대부분 당대의
세도가들이었다

유감동은 곤장을 맞고
노비(奴婢)가 되었으나
몇 년 뒤 석방되었고
유감동과 관계한 사내들은 거의
처벌을 받지 않았다

제30장

어우동의 메마른 입에서
방산수 이난, 수산수 이기, 박강창,
오종년, 이승언, 홍찬, 감의향, 이근지,
구전, 어유소, 김휘, 김칭…… 이라는 이름이
굴러나왔다
모두 구속되었고
잠시 후
중인과 노비를 빼곤 모두
석방했다

이난도 자신이 듣고 본 것을
말했는데

먼저,
어유소였다

어유소는 일찍이 어우동의 이웃집에 피접(避接)하여 살았는데 은밀히 사람을 보내어 그 집에 맞아들여 사당(祠堂)에서 통하고, 뒤에 만날 것을 기약(期約)하여 옥가락지를 주어 신표(信標)로 삼았습니다

많은 사람들이 놀랐다
성리학의 유교적 이념을 하늘처럼
떠받들고 사는 양반이 조상의
신주를 모시는 사당에서 음탕한
짓을 했다니 모두들 경악했다

어유소는 일찍이
야인 정벌에 큰 공을 세워 승진
통례문통찬(通禮文通贊)이 되었고
세조 때는 좌대장으로 이시애의 난을
평정한 뒤 적개공신 1등이 되어
예성군에 봉해지고 공조판서에
특진되었다 그후
이조판서, 동지중추부사, 평안도 순찰사를
역임했으니 정권의 핵심이었다

결국 어유소는 성종의 보호로

구속조차
되지 않았다

다음은 김휘였는데

사직동(社稷洞)에서 만나 길가의 인가(人家)를 빌려 정을 통하였
습니다

라고,
말했다

김휘는
정오품에 의금부도사였는데
몇 년 전 기생을 데리고 살며
집을 지어주고 정처를 소박하여
머리카락을 자른 죄로
처벌을 받은
적이 있었다

다음은 김칭이라는 인물인데
이 또한 보통
인물이 아니어서
기생으로 인하여 여러 번

구속되었다

제31장

성종은 곯치가 아팠다
그 전에 더 큰 사건이 있었기
때문이었다 세종대왕의 형이자 한때
세자였던 양녕대군의
딸 문제였다

양녕대군의 딸 이구지(李仇之)는
첩의 딸이었지만 종친들은 적서를
구별하지 않았기 때문에 높은 지위를
가졌다

이구지가 광주에 살던 별제 권덕영과
혼인을 했는데 남편이 몇 개월
지나지 않아 죽었다

청상과부가 된 이구지는 외로움을
이기지 못하고 집안의 노비 천례(天禮)와
정을 통했고
딸 준비(准非)을 낳았다

그러나, 주위를 속여야 했던 두 사람은
천례의 아내인 말비를 설득하여
그녀의 자식이라고
사람들에게 말했다

하지만,

광주에 사는 아들한테 들었는데 천한 노비가 사족의 아내와 통하
면서 비단옷에 준마를 타고 다니며 방자한 행동을 일삼는다 하오

종부시 첨정 허계가 사헌부 장령
이숙문을 찾아와 고발했다

사헌부는 즉시 수사에 들어갔고
천례의 아내인 말비를 통해 이구지의
딸이라는 걸 밝혔다

이숙문은 천례와 이구지를 잡아들여
자백을 받으려 했지만 광주 목사
문수덕이 찾아와
왕실의 자손을 건드렸다가 무슨 봉변을
당하려고 그러시오

하는 바람에 잡아들이는
것을 그만두었다

하지만 김종직에게 도움을 청했고
김종직은 성종에게
고했다

천례를 참형에 처하고 이근지를 엄벌에
처할 것을 요청했지만 성종은
받아들이지 않았다

하지만
그 후

딸 준비가 결혼할 때
이구지는 그래도 노비의 딸로
시집보낼 수는 없어 종친의 자손이라고
떠벌였다가 다시 소문이 났고
김종직이 두 사람을 엄벌에 처할 것을
요청했다

성종은 할 수없이 다시 조사하라 명했고
천례는 잡혀왔다

제 딸 준비는 제 아내 말비의 소생입니다
마님과는 결코 무관합니다

천례는 끝까지 버티다
매질을 이기지 못하고
죽고 말았다
문제는 이구지였는데 완강하게
부인하는 바람에
매질은 못했다

하지만,
성종은 며칠 후
이구지에게 사형을
내렸다

강상의 도리를 내세워
성리학의 나라를 만들기 위해
친족조차 서슴없이
죽였던
것이다

제32장

마음이 편안하다 바닥엔
푸석한 짚이 깔려 있고 굵은
통나무로 칸막이를 친 옥이,
밖으로 나갈 수 없는 옥이 오히려
자유롭다

그동안,
몸에
충실했고 원 없이
살았다

내 몸의 본질을 알았고
쉬 타협을 하지 않으려
노력했다
타협은 내 몸의 본질을
배반하는 것
이다

내 정신도 어쩌지 못하는
몸이다
정신과 몸이 쓰라린 갈등을
겪을 때 내 몸

어디에서 또 하나의
몸이 불쑥,
나타났다

나는,
그 또 다른 몸을
인정했을 뿐이다 그
몸 또한 내 몸이기
때문이다

내 몸을 툭,
내려놓을 때 나는
해방을
느꼈다

몸이 가는 대로 정신이
가고
그렇게 물이 아래로
흐르듯
내 욕망은 그렇게
흘렀을 뿐이다

봄이 오면 꽃이

피고
벌과 나비들이 모여
들 듯이

내 몸을 탐하는 사내들을
물리치지
않았을,
뿐이다

또 다른 내 몸이 그들을
받아들이자고,
애원,
했기
때문이다

옥 밖보다
옥
안이
이렇게 편할 수
있는지

내
정신은

고요, 그
자체다

제33장

나와 맺었던 사내들은
하나같이
나와의 관계를
부인했다고
했다

예상했던
일이라
분노나 혹은,
배신감이 들지
않는다

그런
여자를 만난 적도 없다

만나긴 했지만
얘기를 나눈 적도
없다

만나 통했지만
종친의 여인인
줄
몰랐다

풋,
웃음이 터져
나온다

나도 웃음 따라
일렁이는
허공으로
날아오를
것만
같다

입을 다무니
눈이 뜨거워진다
불에 덴 듯
뜨겁다

제34장

내 몸을 스쳐간 수많은
사내들을
생각한다

내 위에서 용을 쓰던 사내들은
대체 무엇인가

권력과 돈을 양손에
움켜쥐고 평생 호화롭게 사는
그들은 대체
누구인가

헛된 욕망으로 가득한
불기둥으로
오직 자궁 끝까지 들어올 기세로
용을 쓰던 사내들은
대체
누구인가

무섭다,
무섭구나

한갓 고깃덩어리에 불과한
몸으로
내 몸 위에서
내 모든 것을
갖겠다는 듯 용을
쓰던 사내들은
대체 누구인가

사내들은,
허위와
허풍으로 살아가는
존재였다

오직 관심 있는 것은
권력과
돈,
이었다

웃음 속에도 음침한
욕망이
서걱이고
있었다

통할 때도
거칠었다

마치 내 몸의 주인이라도
된 듯
마치 사내답다는 걸 보여주기
위해서인 듯
목에 짓푸른 핏대를 세우고
안간힘을 쓰는
사내들
오직 여자를 정복하기 위해
여자의 몸을
존중하기는커녕
노리개로
삼을 뿐이니

문득,
공주의 남편에게
강간당한
가섭이라는 여인이
생각난다

가섭을 강간한 사람은 예종의 딸

현숙공주와 혼인한 임광재로
임사홍의 아들이었다
주색잡기에 능하고 성품도 보통을
넘었다

그는 장원서 제조가 되었는데 장원서에서
일하는 가섭에게 한 눈이 반했고 곧장
무자비하게 강간을 했다

하지만 그에게 성종은 벌
주지 않았다

2년 전엔 기생 청루월을
사랑한 사건으로
문제를 일으켰으나 임광재의 발뺌으로
성종은 청루월을 매질하게 하고
용천(龍川)의 관비로
영속시켰다

가해자는 남자였으나
처벌은,
여자가
받았다

제35장

잡혀간 사내들 중
중인과 노비만 빼고
모두 석방된
것도
예상했던
일이다

이 세상은
사내들의 세상일 뿐
여자는 오직
노리개일
뿐이다

돌이켜보면,
사내들은
내 몸만을 탐했을,
뿐이다

내가 무슨 생각을
하는지

무엇을 요구하는지
관심이
없었다

오직 옥문을 찾아
파정하는
것에만
관심이
있었다

죽으면 없어질
육체에
무얼 그리
집착하는가

모두,
꿈이
아니었을까

허망한
애욕이었으니

허방,

을 짚은
기분이다

눈을
감으니
사대부가의 여종이
죽은 얘기가
떠오른다

참봉 신자치라는 양반이 여종인 도리의
외모에 반해 흑심을 품고
강제로 겁탈을 했는데
한두 번도 아니고 수시로
욕구를 채웠다고

마침내 신자치의 아내가
알게 되어 질투에 눈이
먼 아내는
어머니와 함께
도리의 옷을 몽땅 벗겨 묶어 놓고
머리를 깎고
희롱하듯 온 몸을 때리고
쇠를 달구어 가슴과

옥문을 지지기도
했다는데

결국,
도리는 죽었고
아내와 그 어머니는 태연하게
도리의 주검을
흥인문 밖 산에
갖다 버렸다고
했다

신자치의 처는
사대부가라는 이유로
장 100대에 처하는 대신
경상도 땅에
부처하는 것으로
끝을 맺었다,
했다

혹,
신자치의 처가 죽인
사람은
여종 도리가 아니라

남편
신자치가
아니었을까

문득,
소쌍이란 궁녀가
생각난다

세종의 며느리이자
세자빈이었던 봉씨가
사랑했던 여인

세자는 몇 개월째
세자빈의 방을 찾지 않아
독수공방하던 봉씨는
외로웠고 수시로
소쌍을 불러
몸을 더듬거렸다
소쌍은 놀랬고 놀란 표정이 예뻐서
더욱 더 노골적으로 소쌍의 몸을
탐했다

술을 좋아해 마시다 술이

떨어지면 사가에서 가져와
마시곤 했다
그러나 외로움은 가시지 않았고
더욱 더 소쌍을 데리고 자면서
욕정을 풀었다

금방 궁궐안에 소문났고 세종은
소쌍을 불러 추궁했다
소쌍은 모두 실토했다

세자빈께서 저를 불러 내전으로 들어오게 했습니다. 다른 여종들
은 모두 지게문 밖에 서 있었습니다. 세자빈께서 같이 잘 것을 요구하
였습니다. 소인은 거절하였으나 세자빈께서 윽박질러 할 수 없이 옷
을 반쯤 벗고 병풍 속으로 들어갔사옵니다. 그런데 세자빈께서 저의
나머지 옷을 다 빼앗고 강제로 들어와 눕게 하였습니다. 이후 남자와
교합하는 형상과 같이 서로 희롱하였습니다

세종은
봉씨를 폐출시키고
소쌍을,
죽였다

봉씨 또한 폐출되어

사가로 갔다가
가문을 먹칠했으니 자결하라는
친정아버지의 말을 거역했고 결국
친정아버지는 봉씨를 목 졸라 죽이고
자신 또한
자결하였다

세종은 첫 번째 세자빈도
음탕하다는 이유로 폐출,
시켰었다

하얀 밤,
잠은 오지
않고

꿈을
꾸는
것인가

봉씨 부인이며
소쌍이며
도리며 가섭이 생각나는
것은

무슨
연유인가

이제,
죽은
사람만 기억에
남는구나

제8부 사랑에, 죽다

제36장

옥리가
전하길

임금과 신하들간에 내
문제로 논쟁이
벌어지고 있다고
한다

죽어가는 길과
살아나가는 길이
임금과 신하의 앞에
놓여있다 했다

내 생명이
그들의 손에 달렸다
생각하니
살아있는 것이
치욕이라는 느낌이
든다

여자들의 생명이
남자들의 손에 달려있으니

그을린 삶이
어디
나 뿐이랴

폐허에
망연히 서
있는
기분이다

문득 처음으로 외간남자로 만났던
사헌부 서리
오종년이 조사한 얘기가
생각난다

돈의문 밖 골짜기에서
한 여자의 시신이
발견되었다 했다

드러난 팔과 다리에 칼이

난자되어 피부가 갈라져 있었고
주위에 독이 올라 퍼렇게
부어 있었다
목에는 손으로 조른 자국이
선명했고 눈은 감겨 있었지만
혀가 반쯤 뽑혀나오다가
입안을 가득채운 모습이었다
숨이 막혀 괴로워하던 모습도
비쳤다

고읍지라는
여종이었는데
주인 창원군에게
죽임을 당했다

창원군은 세종이 늘그막에
후궁 박씨로부터
얻은 왕자로 성격이 방탕하고
예법을 따르지
않기로 유명했다

고읍지를 강제 추행하며
따라다니던 한 사내를

꿈에서 보았다는 이유로
음탕하다고,
발가벗겨 처마에
매달고
환도로 종들이 보는
앞에서 죽였다
했다

자신이 첩으로 삼으려
했는지라 화를
참지 못했다

고읍지의 나이
18세였다

성종은
창원군을 지방에 보내
근신토록 하되 출입을
제한하지 말라고
했다

성종은
남자들에겐 상당히 관대했지만

여자들에겐 냉혹,
했다

혹자는 세조가
폭빈(暴嬪)이라
불렀던 어미 인수대비
때문이라는
설도
있었다

어젯밤
꿈을,
꾸었다

언젠가 기방에서 생활할 때
만난,
한 사내
자신만만하고
오만하고
세상에 자신밖에 없는
듯한
표정

조용한 얼굴
태연하고 지긋했으며
붉은 빛을 띠는 얼굴이
고요했다

단 둘이서만 술을 마시다
내 몸을 탐할 때
갑자기 허기진 욕망을
채우기 바빴던
사내

파정할 때
갑자기 불안과 조급함이
얼굴에 쏟아지던
사내

속은 텅 비었고
껍데기만
남은 것 같았던
사내

혹,
성종대왕이,

아니었을까

몇 번 더
만났지만
그림자가가 없는 것처럼
느껴지던
사내

제37장

사헌부 대사헌 정괄이
상소문을 올렸다

신 등이 생각건대, 어우동이 사족(土族)의 부녀로서 귀천을 분별하
지 않고 친소(親疏)를 따지지 않고서 음란함을 자행하였으니, 명예를
훼손하고 더럽힌 것이 막심합니다. 마땅히 사통한 자를 끝까지 추문
하여 엄하게 다스려야 합니다

의금부에서 방산수 이난의
범죄 사실에 대한 진술에 근거해
어유소·노공필·김세적·김칭·김휘·정숙지를
국문하도록 청하였지만

어유소·노공필·김세적은 완전히 석방하여
신문하지 않고
김칭·김휘·정숙지 등은 한 차례
형신(刑訊)하고
석방하였다

언론기관인 사간원에서도
어유소 노공필 김세적의 죄를
청하였으나
성종은
끝내 들어주지
않았다

이들은 성종이 깊이 신뢰하여
중용하고 있었다

성종은
자신의 권력기반을 침해하는
사안으로 보아
남자들은 거의 처벌을 하지 않거나
가벼운 처벌을 했고
빨리 사건을
처리하고자

했다

성종은 1년 전
한
여인에 대해 사형,
을 명한 적이
있었다

여자는 근비라는
여종이었는데
아주 잘 생긴 얼굴과
몸매를 가지고
있었다

종이 예쁘면 주인의 첩이
되기도 했지만 주인은 판관과
군수를 지낸 육십이 넘은
노인이었다

이러니 첩이 아니라 본처로 갈
수 있었는데
차경남이라는 사내에게
겁탈을 당했다

그후 근비는 차경남의 손아귀에서
못 벗어나고 계속
통하는 사이였는데

또다시 박종손이라는 사내에게
겁탈을 당했다
박종손은 이미 근비가 차경남에게
당하고 정을 통하는 사이라는 걸
알고 있었다

박종손은 흉악한 사람이었는데
틈만 나면 차경남을 죽이고
너를 데리고 살겠다고
근비에게 말했다

마침내 박종손은 차경남과 근비가
자는 방에 침입해 차경남의 목을 졸라
죽였다

성종과 대신들 사이에
논의가 있었는데 근비가 차경남의
아내, 즉 첩이야 아니냐를 두고

논쟁이 벌어졌다

첩이라면 남편이 죽는데 가만히 있었고
나중에 고발하지 않았으니 공모자라
중형을 면치 못할 지경이었다

대신들 대부분 정식으로 중매로 인한
관계를 가지지 않았고 정을 통한 지도
얼마되지 않았기에 첩이 아니며 또한
공모자가 아니라고 주장했다

하지만,
성종의 생각은 달랐다
강상의 문제로, 지아비를 죽인 것으로
보았던 것이었다

대신들이 근비가 차경남과 박종손에게
강간을 당했던 일이며 박종손의
협박에 의해 고발하지 않았다고
주장했지만,
성종은 다음과 같이 명했다

근비의 죄는 인륜의 도리에 관계되는 바

만약 사형을 감하면 일반 백성들 가운데
간부를 사랑하는 자가 모두 그 본남편을 죽이고자
할 것이니 옳겠는가?
이런 풍습을 자라나게 할 수 없으니
본남편을 죽이려고 꾀한
율로 처단하라

제38장

옥리가 말하길
며칠 동안 신하들과 임금이
논쟁을 하였는데 오늘,
임금이 명을
내릴 거라고 했다

방산수 이난의 뇌물이
있었든지 옥리들은 하나같이
잘해주었고 매일 한 번
사가의 밥도 갖다
주었다

나중에 은혜를 갚을 수
있으면 좋겠다고 했더니

좋은 결과 있을
것이라
하였다

문득,
어미가
생각났다

호탕한 성격에
사내들에게도 스스럼없이 대했던
어미였다 자신 또한 그 어미를 닮아
골목길을 누비며 사내아이들과
동무처럼 놀이했다

자연히 남자처럼 컸고 아비는
못마땅해 했고 어미와
자주 싸웠다

아비는 어미가 외간 남자와
간통을 했으며
노비와도 잠자리를 했다고
애꾸눈을 크게 뜨고 욕을
했고

어미 또한
모함이라며 손가락질을
했다

이제야,
어미를
이해
하겠다

어릴 땐
어미가 조신하기를
바랬지만 이제 와서 다시
생각해보니
어미는 본래 태생대로
살았을 뿐이다

어미가 거문고나 가야금을 켜고
춤을 추면
아비는 기생집에서 놀다 술에 취해
집에 와서 어미더러
기생 같다며 욕을
했다

죽기 전에,
어미가
보고
싶다

제39장

어우동의
형벌에 대해

성종은
논의하라,
했다

홍응 한계희 두 사람은
아뢰었다

국가에서 죄를 정할 때는 한결 같이 율문에 따르고 임의로 가볍게
하거나 무겁게 할 수 없습니다. 어우동의 추악한 행실은 마땅히 극형
에 처해야 하나 전하의 은덕은 죽음 중에서도 살릴 길을 구해야 합니
다. 청컨대 율에 의해 결정하소서

이극배 또한
유배형에 처하라고
급히,
아뢰었다

하지만,
성종은

어우동은 음탕하게 방종하기를 꺼림이 없이 하였는데, 이런데도 죽이지 않는다면 뒷사람이 어떻게 징계하겠느냐? 의금부에 명하여 사율(死律)을 적용하여 아뢰게 하라

첫 번째 논의에서 의금부는
간통죄에 해당하는 형벌,
장 백 대에 유배 이천 리(里)를
제시하였으나 성종은
이 의견을 따르지 않고 어우동을
죽이는 게
마땅하다고
했다

성종의 의견에 도승지
김계창이 앞장섰다

어우동은 귀천(貴賤)과 친척(親戚)을 논하지 않고 모두 간통을 하였으니, 마땅히 극형에 처하여 다른 사람을 경계해야 합니다

두 번째 논의에서도
똑같이 주장했다

종실의 처로서 종실의 근친(近親)과 간통을 하고, 또 지거비는 일찍이 종의 남편이었는데도 그와 간통을 하였으니, 마땅히 극형에 처해야 합니다

논의는 계속
되었는데

동부승지 이공은
법조문을 조사하여 어우동의 죄가
교부대시(絞不待時)에 해당한다고
보고하였다

이공은 명나라 형률서인 대명률을
검토해도 죽일 수 있는
방법이 없자
'남편을 배반하고 도망하여 바로 개가한 법' 에

비의(比擬),
즉 해당 죄를 적용할 법조문이 없을 때
비슷한 조문을 적용하는 것인데
억지,
억지로 법,
을 적용하였다

이에 정창손을 비롯해
여러 신하들이
반대하였으나

성종은 종전의 결정대로 사형,
을 결행했다

지금 풍속이 아름답지 못하여, 여자들이 음행을 많이 자행한다. 만약에 법으로써 엄하게 다스리지 않는다면 사람들이 징계되는 바가 없을 텐데, 풍속이 어떻게 바로 되겠는가? 옛사람이 이르기를, '끝내 나쁜 짓을 하면 사형에 처한다'고 하였다. 어우동이 음행을 자행한 것이 이와 같은데, 중한 형벌에 처하지 않고서 어찌하겠는가? 교형을 즉시 시행하라.

성종의 명령이
있자마자

교부대시에 따라
곧바로 사형이
집행되었다
곧이어 어우동은 조선 왕가의 족보인
『선원록』에서 이름이
지워졌다

덧붙이자면,
교부대시란 사형을 집행할 수
있는 때를 기다리지 않고 즉시
형을 집행하는 것인데,
일반적으로 사형은 자연의 이치를
거슬리지 않는다는 취지에서
만물이 휴식기에 들어간
추분 이후부터 입춘 이전을 기다려서
집행하는 것이
관례이나
죄가 중할 경우에는 즉시
집행하였다

후에,
<용재총화>의 저자 성현은 이렇게
적었다

모두 말하기를 '법으로 죽일 수는 없고 먼 곳으로 귀양보내는 것
이 합당하다.'고 하였다 그러나 임금이 풍속을 바로잡고자 하여 형에
처하게 되었다

성종은
고려의 멸망을 교훈삼아
국가의 긴급한 사명은 인간의 본성을
순화하고 풍속을 건강하게 만드는 것이라
생각했다

그래서, 여성에 대한
규범을 강화하였는데
우주론적으로 하늘에 해당하는 것이 남자고
여자는 땅이라 남자는 여자에게 군림하며
낮은 존재인 여성은 욕망을 억제해야 한다고
여겼다 특히 욕망 가운데
성은 경계의 대상이었다

여자들은
성리학에서 제시하는 부덕(婦德)을 요구했고
예에서 벗어나 욕망을 발산하거나

일탈된 행동을 하여
가정과 사회를 위험에 빠뜨리는 행위를
제약했다

그 제약은
개인 뿐만 아니라
가족 가문에까지 공동 책임을
지웠다

개인의
생명보다
국가의 풍속이 더
중요했고
왕권강화가 더
시급했다

結
– 그 이후

어우동과 관련된 남자들은 천한
기생과도 같은 행동을 한 어우동 때문에
오히려 '뜻있는 선비'들이 큰
피해를 입었다고
대부분
풀려났다

종친 이난은
장 1백대에 도 3년이라는 형벌이
내려졌고 고신마저 빼앗겼다
그러나
속을 바쳐 장을 면한 후에
먼 지방에 유배되었다가 10년 후
복직되었다

수산수 이기는
장 1백대에 도 3년에 처해졌고
고신도 빼앗겼다 하지만 속전을 바쳐
장을 면한 후 먼 지방에 유배되었으나
2년 뒤 풀려났다

생원시에 1등으로 합격한
이승언 역시 2년 뒤 직첩을 돌려받았고
무반의 청요직인 선전관에
임명되었다

홍찬은 3년 후 사헌부 감찰직 물망에
올랐다가 물의를 빚었다 그 후
선전관에 임명되었다

오랫동안 여성 문제로 물의를 일으킨
김칭은 무혐의로 풀려났다가 후에
관직에 임용되었다

사노 지거비는 어우동을
협박하여 강제로
강간하였으나 도형에
처해졌으며 이마저 속을 바치는
것을 허용하였다
하지만 형이 너무 가볍다는 건의가
올라와 먼 고을의
종으로 처리되었다

어유소 노공필 김세적 김휘 정숙지 등은
혐의가 없음으로 결론났고
어유소는 이조판서에
김세적은 병조참지에 제수되었다
정숙지 역시 수원판관으로
재직하였다

어우동이 교형에
처해지던 날
어미는

사람이 누군들 정욕이 없겠는가? 내 딸이 남자에게 너무 심하게 현
혹된 것뿐이다

라고,
했고

아비는

내 딸이 아닐 수도 있다

라고,
했다

덧붙이자면,

2년 후
연산군의 세자책봉이 거론되면서
폐비 윤씨에 대한 동정론이 일었고
성종은 서둘러
폐비 윤씨에게
사약,
을
내렸다

참고문헌

『조선 노비 열전』 이상각 지음　유리창, 2014

『조선여인 잔혹사』哀史 / 이수광 지음 , 현문미디어, 2007

『(조선을 뒤흔든) 16인의 기생들 : 조선사 가장 매혹적인 그녀들이 온다! 』이수광 지음, 다산초당 : 다산북스, 2009

『기생시집』황진이 외.. 공 지음 ; 문정희 엮음 , 해냄, 2000

『조선이 버린 여인들 : 실록이 말하지 않은 이야기』 손경희 지음, 문학동네, 2008

『조선왕조야사록. 1 1』최범서 지음 , 가람기획, 2015

『나는 기생이다』정병설, 문학동네

『조선의 성풍속』 정성희, 가람기획

『한북사학』제3집 한북사학회

『조선의 뒷골목 풍경』강명관 푸른역사

『조선의 왕』신명호 가람기획

『한국 역사를 뒤흔들었던 여성들』이문호 도원미디어

『새로 쓰는 조선 인물 실록1』소준섭 자작나무

『한국 민요집』임동권 集文堂, 1993　(본문에 나오는 사설시조를 인용하였습니다.)

그 외 다수 도서

<조선 전기 어우동 사건에 대한 재검토> 정해은, 역사연구(17), 역사학연구소

<실록을 통해 본 어을우동의 사랑과 죽음> 황혜진, 통일인문학

<조선시대 어우동 음풍사건의 전모와 당시의 법적 논의> 김대홍, 법사학 연구

<조선시대 여인상에 대한 오해와 편견> 한규무(광주대학교 교수, 한국사)

그 외 다수